Éditions du Moment
15, rue Condorcet
75009 Paris
www.editionsdumoment.com

Tous les droits de traduction, de reproduction et d'adaptation
réservés pour tout pays.

© *Éditions du Moment, 2012*

Dernières confessions

DU MÊME AUTEUR

Éduquer son enfant pour les Nuls, avec Stéphane Clerget, Éditions First, 2011.

Le Guide de l'école maternelle, Éditions First, 2011.

Marie Bernard

Dernières confessions

LES ÉDITIONS DU MOMENT

À Jean-Luc Delarue.

« *Si tu traverses l'enfer, ne t'arrête pas.*
Continue d'avancer. »

WINSTON CHURCHILL

INTRODUCTION

Je n'étais pas une amie de Jean-Luc Delarue. Je ne l'avais même jamais rencontré. Pourtant ce que vous allez lire, c'est à moi qu'il l'a dit. Je me suis demandé ce qui fit de moi sa confidente, et je crois que j'ai quelques réponses.

Ce matin de février 2011, j'entre en conférence de rédaction avec dans mon cahier quelques notes griffonnées au fil de mes lectures du week-end. Entre autres y figure le nom de Jean-Luc Delarue. Le quadra favori des amateurs de talk-show vient d'entreprendre une tournée des établissements scolaires pour convaincre les jeunes de ne jamais *faire comme lui*. Lui l'alcoolique, lui le toxico dépendant, arrêté à son domicile bourgeois de la rue Bonaparte, c'était le 14 septembre 2010.

Le soir même, il avait enregistré son *mea culpa* à l'issue du tournage de l'émission *Toute une histoire*.

11

Dernières confessions

Il était alors apparu soulagé. Se tenant des deux mains au fauteuil des invités, il avait déroulé ses excuses sans script ni oreillette. Lui, seul, face à la caméra. « Je vais essayer de parler sans réfléchir, de présenter mes excuses à tous ceux que j'ai pu offenser, ou décevoir, ou… » Ce n'était plus le Delarue apprêté au phrasé rapide et fluide. Il était troublé, n'achevait pas ses phrases, avalait la fin des mots. « Je voulais vous dire que je ne veux pas donner le mauvais exemple. Qu'il y a des moments qui sont un peu plus durs que d'autres dans la vie… » Il avait perdu son aura de gendre idéal, mais la transparence qu'il affichait le rendait touchant. Alors, balayant du regard la brochette de témoins présents sur le plateau comme s'ils étaient un peu responsables de son naufrage, il avait poursuivi. « Toutes les histoires que je reçois de mes invités, je les prends parfois un peu… dans la poire. » À cet instant, il avait souri et les applaudissements l'avaient interrompu. Contenant son émotion, il avait fait allusion aux raisons de ses ennuis, mais sans jamais les nommer. « Parfois ça protège, mais je suis conscient que ce n'est pas bien. Je suis conscient que ce n'est pas bien pour la société, je suis conscient que ce n'est pas bien pour moi-

Introduction

même non plus. » Enfin, en guise d'adieu, il avait rassuré les téléspectateurs sur son avenir : « Je vous remercie de votre soutien, je vais tout faire pour mériter votre confiance, et je crois en la deuxième chance, si vous me la donnez. » Je ne serais pas surprise d'apprendre que toutes les grand-mères de France, assises devant leur poste, ont alors sorti leur mouchoir en soupirant comme elles l'auraient fait pour un fils : « Faute avouée est à moitié pardonnée... »

France Télévisions ne l'entend pas ainsi. Le lendemain de ces aveux, l'émission de Jean-Luc Delarue est suspendue pour une durée indéterminée.

Cinq mois après les faits, ce lundi 21 février, l'équipe de rédaction de *Parents d'ado* est réunie au grand complet pour préparer les thèmes du prochain numéro. Notre magazine est un bimestriel destiné aux parents des 10-18 ans, j'en suis la rédactrice en chef.

Autour de la table, on sort ses notes, on touille son café, on atterrit du week-end. J'envoie l'idée sans préambule :

— Et si nous mettions Delarue en couverture ?

Dernières confessions

Nous travaillons alors sur un dossier consacré à la drogue, qui a pour titre : « Non à son premier joint ! » Un parti pris clair en cette période où certains envisagent déjà une éventuelle dépénalisation des drogues douces.

Élisabeth est notre nouvelle recrue. Le sujet de cette première conférence lui fait oublier sa timidité :

— En tant que mère, je n'ai pas de conseils à recevoir de la part de ce type.

— Au fait, je vous présente Élisabeth... Tu prends du sucre dans ton café ?

Sa position est reprise par l'ensemble des journalistes. Je les comprends, seulement voilà... Si je concède que le présentateur n'a pas été jusqu'ici un exemple de sobriété, il semble désormais repenti. En fait, je le crois sincère et, sur ce point encore, nous ne sommes pas d'accord :

— N'oublie pas que c'est une bête de médias... Sa tournée, c'est un gros coup de com !

— Il prépare son retour sur France 2...

Après de longs échanges, je maintiens mon idée. Un détail témoigne à mon sens de l'authenticité de sa démarche auprès des jeunes. À lui seul, il ne fonde pas une certitude, mais il corrobore une intuition

Introduction

première. Cet homme pressé, habitué aux facilités dont peinent à se séparer ceux qui ont vécu longtemps dans le luxe, avait préféré un camping-car à son hélicoptère. Je l'avais lu dans un reportage. Le mythe Delarue n'était-il pas ancré dans l'idée qu'il avait tout pour être heureux, tout, mais surtout l'argent? Il avait choisi une roulotte! Ce mode de transport donnait à l'entreprise une allure de pèlerinage expiatoire. Et c'est notamment grâce au camping-car que je prends, seule, le risque de croire, quitte à passer pour naïve, à la sincérité de son exploit. Pourvu qu'il ne rechute pas. Là réside pour moi la véritable inconnue. Le 18 mars 2011, nous programmons Delarue dans le chemin de fer du prochain numéro, priant le saint patron des dépendants pour que sa rémission dure au moins le temps d'une parution, c'est-à-dire deux mois.

Lorsque je décroche mon téléphone pour obtenir une interview, nous avons déjà affiché au mur un projet de couverture. L'adéquation homme-titre, nous la trouvons idéale, et le message qui s'en dégage nous semble fort. Comme on s'habitue vite à une bonne idée! Elle s'impose à vous comme une néces-

Dernières confessions

sité et il est difficile, ensuite, d'en changer pour moins bien... Celle-ci est source de bien des péripéties. Les seules personnes que je parviens à joindre mettent les formes pour m'expliquer, en professionnels consciencieux, pourquoi et comment ma requête est inopportune.

— Jean-Luc est en tournée, il n'accorde aucune interview en ce moment.

— Mais, madame, c'est *Parents d'ado* qui vous parle!

Il faut savoir que, pour ce type de demande, on appelle toujours trois mois trop tôt ou un jour trop tard. J'en conclus qu'il n'existe pas de bon moment pour solliciter l'interview d'une personnalité. Je maximise donc mes chances en multipliant les contacts. Je laisse des messages comme on jette des bouteilles à la mer et, à quelques jours du bouclage, j'embraye en mode «harcèlement». Coup de chance, nous avons enfin localisé Arnaud, l'intime de Delarue, son directeur de la com et organisateur de la tournée, jusque-là injoignable. Et pour cause : la troupe des VRP vit la nuit, dort le jour.

Je peux enfin lui soumettre notre idée. Une interview? Pourquoi pas, mais il me faut montrer patte

Introduction

blanche. Quelle est la cible du magazine, sa diffusion, quel sera l'angle de l'article ? Jean-Luc aura-t-il la possibilité de relire ? Quelles photos choisirons-nous ? Et, bien entendu, quelle est notre intention ? Sommes-nous des charognards qui, sous des dehors « propres sur eux », cherchent à vendre le *black side* du personnage ? Je me souviens avoir dû rassurer en citant tous ceux qui nous ont fait confiance : des *beautiful people* dont nous tentions de révéler la profondeur en les interrogeant sur le terrain de la transmission. La réponse a dû plaire. Le 18 mars 2011, nous obtenons enfin son accord. Rendez-vous est pris pour le lundi 21 dans son bureau de Réservoir Prod. Il ne me reste plus qu'à rattraper en quelques heures vingt ans de culture télé version Delarue.

Je pioche au hasard sur Youtube un épisode de *Ça se discute*. Je ne crois pas y avoir finalement consacré plus de trois minutes. En revanche, j'analyse avec attention la lettre signée « Jean-Luc » publiée sur le site de sa Fondation. J'écoute dix fois l'intonation de sa voix quand il a présenté ses excuses au public de France 2, je lis le compte rendu intégral de sa première soirée avec les jeunes au Likès de

Dernières confessions

Quimper. J'ai bouffé du Delarue, mais du Delarue repenti.

Ainsi au fait de son actualité, il ne me reste plus qu'à formuler mes questions. Je veux connaître les circonstances dans lesquelles ses addictions ont pris racine et choisis d'amorcer par la genèse de ses déboires. Je clôture par une réflexion qui devrait le conduire à faire un bilan. Entre les deux, nous parlerons de cocaïne, de sa tournée, mais aussi de son fils et de ses projets d'émissions… Une cinquantaine de questions dont certaines relèvent de l'anecdote. Mais aujourd'hui, dans le contexte de sa mort fulgurante, tout prend un sens définitif.

Le 21 mars arrive enfin. Je pointe au 101 boulevard Murat, dans les locaux de Réservoir Prod, avec une minute d'avance tout au plus. Il doit être quatorze heures trente. Comme il est froid, ce grand hall noir et rouge… J'avais imaginé un lieu de passage, fourmillant de gens tous unis par une marque : Réservoir. Au lieu de cela, il me semble pénétrer dans un immeuble désaffecté. Où est la maquilleuse en retard qui demande à l'accueil qu'on prévienne Laetitia de son arrivée ? Où sont les stagiaires, ces soldats courageux au premier échelon de leur profession ?

Introduction

Où sont ces « casteurs » en CDD qui assurent pour quelques mois la dure mission de trouver des témoins ? Les témoins, ce sont ces moutons à cinq pattes qui existent d'abord dans l'imagination du rédacteur en chef et à qui un journaliste doit donner une réalité vivante en moins de quinze jours. Vous seriez capable, vous, de localiser un collectionneur de pompes à vélo souffrant de Troubles obsessionnels compulsifs et plaqué par sa femme depuis moins de trois mois ? Non ? C'est normal, vous n'avez pas bossé chez Réservoir. Le fonds de commerce de Delarue, sa marque de fabrique, sa révolution, c'est sa capacité à dénicher ces gens-là. Où sont-elles, aujourd'hui, les équipes survoltées ? Un endroit sombre, lorsqu'il grouille de monde, est un lieu branché. Quand il est vide, c'est un cimetière.

Je m'annonce à l'accueil et on me fait attendre. Je m'assois et, au lieu de retoucher une énième fois l'agencement de mes questions, je me laisse absorber par un écran de télé qui passe en boucle un épisode de *Toute une histoire*. Symbole fort de la déchéance du boss, l'émission est présentée par Sophie Davant. Habituellement, ce genre de programme ne m'intéresse pas. Mais, dans ces circonstances, il me rend service en mobilisant mon cerveau.

Dernières confessions

Puis quelqu'un vient me chercher. Peut-être Arnaud lui-même. Je me souviens que l'ascenseur contribue à la morosité ambiante : il ne s'arrête plus à tous les étages… Nous faisons escale dans le bureau de la com, situé quelques mètres avant celui du patron et transformé en QG du Tour de France anti-drogue. Les murs sont couverts de photos. Avec Arnaud, nous en sélectionnons quelques-unes pour illustrer mon article. Nous reparlons aussi des formalités. La pause dure quelques minutes à peine car, au fond du couloir, à gauche, Jean-Luc m'attend.

La porte de son bureau est grande ouverte. Celui qui a mis fin à ses addictions depuis plus de cinq mois se tient sur le seuil. Il ne se sait sans doute pas malade, pourtant c'est un homme usé qui m'invite à entrer. On dirait qu'il vient de se réveiller. Il parle du bout des lèvres, son « débit mitraillette » est plus rapide que jamais. Vais-je réussir à le comprendre ? Je m'en inquiète immédiatement. Puis j'entre. Qu'il est grand ce bureau ! Si l'on me disait aujourd'hui qu'il mesure plus de cent mètres carrés, je le croirais volontiers. C'est en outre un puits de lumière. Au fond à droite, dans l'angle, sa table de travail. Sur les côtés et jusqu'à hauteur de fenêtre, des bibliothèques

Introduction

en bois clair réchauffent la grande pièce. Dans un tel espace, les murs ne confinent pas vos idées. Je conclus intérieurement que les gens riches ont moins de mérite à être créatifs. Pour autant, je suis bien consciente d'avoir devant moi un génie du PAF.

Il se dirige vers son bureau pour prendre ou poser quelque chose. Sa tenue est soignée, comme à son habitude : chemise claire bien coupée, cardigan bleu marine sans manche, jean foncé. Il est bien coiffé. C'est l'homme de la télé, à ceci près qu'il ne porte pas ses lunettes. J'en suis surprise et ce détail me conforte dans l'idée que je viens peut-être de l'arracher à sa sieste...

Je lui présente le magazine *Parents d'ado* en quelques phrases. Pendant que nous parlons, nous nous dirigeons côté salon. Dès le début de notre conversation, mon regard reste accroché à un meuble insolite. Un canapé en forme de bouche attend son heure pour croquer le derrière des invités. J'espère qu'il me fera asseoir sur l'autre banquette, plus conventionnelle, qui fait l'angle. L'espoir est de courte durée. Je le prends comme un honneur plutôt que comme une faute de goût... il n'empêche que je m'y pose du bout des fesses. Puis, nous engageons l'entretien :

Dernières confessions

— Qu'est-ce que vous voulez savoir?

— Tout. Comment tout a commencé...

Je suis entrée dans ce bureau en espérant retenir l'homme pressé pendant au moins quarante minutes. J'en suis sortie trois heures et demie plus tard. Entretemps il a entrouvert les portes de son enfer...

I

ALCOOLIQUE DÈS L'ENFANCE

« Il y a deux ans, j'ai voulu écrire un livre qui racontait mon histoire. Un livre qui racontait mon jeune âge. Mais un enfant blessé s'est réveillé en moi, et c'est à cette période de ma vie que j'ai vraiment basculé dans les problèmes de cocaïne. Parce que, dans ces histoires, on reste toujours un enfant. » Découvrirons-nous un jour ce que relate ce manuscrit ? Nous savons que, en le renfermant en août 2011, il se jurera de ne plus jamais l'ouvrir, et pour cause... « Cette histoire est de celles qui contiennent des blessures qui ne se referment jamais. Et moi, en voulant les sortir, je les ai mises à vif, et c'est alors que ça a explosé. Je suis retombé dans l'alcool et puis, pour tenir debout, dans la cocaïne. J'ai eu besoin de cela pour couper le son. »

En ce début d'entretien, Jean-Luc Delarue n'est visiblement pas détendu. Il est assis, les coudes posés sur ses genoux, les mains jointes. Il me regarde fixement et me conduit, sans préambule, au plus intime de sa vie. Je dois avouer qu'alors ce personnage ne m'intéresse que dans la mesure où il porte un message antidrogue en accord avec les valeurs de mon magazine. Lui a accepté ce face-à-face parce qu'il obéit à une injonction de sa conscience. Il remplit une obligation, comme il l'a fait en déballant sa vie aux policiers six mois plus tôt. Une distance infinie nous sépare et cette situation me met presque mal à l'aise. J'aimerais lui dire qu'il n'a pas de comptes à me rendre.

En posant ma première question, je lui rappelle que nous parlons dans le cadre d'une interview. Pouvez-vous me raconter les circonstances de votre première rencontre avec la drogue ? « Les premières fois, j'étais... » Il s'arrête net, puis reprend : « Je considère que l'alcool, quand il est consommé excessivement, doit être traité comme une drogue. » A-t-il compris ma question ? La suite me rassure... « Je vais vous répondre surtout sur l'alcool, car c'est lui qui est entré en premier dans ma vie. » Sa voix est monocorde. « L'alcool est entré dans ma vie parce que j'étais un petit garçon très timide... » Premier choc.

Alcoolique dès l'enfance

Delarue a découvert l'alcool dès sa plus tendre enfance. En rentrant à la rédaction, c'est la première chose que je raconterai.

Au jour de notre rencontre, l'animateur s'interroge encore sur la cause de sa chute. « Enfant, j'avais l'impression d'être un simple spectateur de ma vie. J'étais comme un figurant, je regardais le monde bouger autour de moi comme si tout cela n'était qu'un film... » Ni le premier rôle ni le second, non : un figurant. Ce sentiment de décalage s'amplifie lorsqu'on lui fait sauter la classe de CP. « C'est à partir de cette époque que je n'ai plus vraiment été intégré aux autres élèves. » Comme s'il était étranger à sa propre personne. Et qu'il n'était revenu à une conscience de lui-même qu'une fois l'addiction installée.

Pour expliquer sa relation précoce à l'alcool, il fait d'emblée le lien avec le foyer familial : « Aussi loin qu'il me souvienne, j'ai eu une enfance difficile. Je me souviens de beaucoup de bruits, beaucoup d'engueulades entre mes parents qui ne s'entendaient pas du tout. » Dans un sursaut, il se redresse et m'apostrophe : « Les parents doivent être attentifs à ne pas créer des bombes à retardement chez leurs enfants,

Dernières confessions

dites-le bien. S'ils n'y veillent pas, leurs enfants auront des problèmes, soit tout de suite, soit ces problèmes enfouis ressortiront beaucoup plus tard. » Je note, il vérifie en jetant un coup d'œil à ma feuille, puis revient à ses souvenirs. Les mêmes, je suppose, que dans ses mémoires inachevées... « J'ai su, une fois adulte, que j'avais eu le nez cassé lorsque j'avais deux ans. D'ailleurs, il est toujours cassé ! » poursuit-il en touchant son nez. « C'est un pédiatre qui s'en est aperçu. Il l'a dit à mes parents qui me l'ont répété plus tard. Nous n'avons jamais su comment c'était arrivé... » Sa manière d'associer l'incident à des disputes conjugales me laisse perplexe. Que sous-entend-il ? Je ne pense pas qu'il ait été un enfant battu. En revanche, il reproche sans doute à ses parents de ne pas s'être suffisamment occupé de lui. Éberluée, embarrassée, je n'ose pas demander plus de précisions. Ses parents divorcent l'année de ses six ans, laissant chez leur fils un traumatisme dont il ne se remettra jamais.

En arrivant, je connaissais l'animateur Delarue : son parcours, ses succès et dérapages, quelques éléments forts de sa nouvelle vie. Je ne m'attendais pas à de telles confidences sur sa famille. Ce n'est qu'après

Alcoolique dès l'enfance

l'interview que je tente d'en savoir plus sur ses parents. Sa mère, Maryse Delarue, est professeur agrégé d'anglais. Durant l'enfance de Jean-Luc, elle exerce dans un lycée de banlieue. De cette femme, juive d'origine hongroise, nous savons peu de choses. Son père, Jean-Claude Delarue, issu d'une famille russe dont le nom a été francisé, est professeur de civilisation américaine. Il enseigne à Charles V et à la Catho. Sans doute est-il ambitieux, pour lui autant que pour ses enfants. Peut-être même s'imagine-t-il accéder un jour à de hautes fonctions lorsque, en 1980, il annonce sa candidature à l'élection présidentielle. Son père à lui aurait été l'un des traducteurs officiels de Léon Tolstoï. Quoiqu'il en soit, ce 21 mars 2011, Jean-Claude Delarue reste pour son fils le grand absent. Au cours de l'entretien, l'animateur évoque à diverses reprises leurs difficultés à communiquer, sans ménagement. « Mes parents étaient des autocentrés, tout droit sortis de Mai 68. » Chez eux, peu d'interdits. Il est persuadé de leur responsabilité dans son mal-être, mais n'a visiblement pas l'intention de régler ses comptes en public. Et lorsque je lui demande si, aujourd'hui encore, les relations avec eux sont tendues, la réponse est sans appel : « Oui, bien sûr ! Encore maintenant… la communication reste difficile. Lorsque je dis à ma mère : " Maman, j'ai eu une enfance très difficile ", elle me répond : " Mais, attends, moi aussi j'ai eu une enfance très difficile. " La raison pour laquelle je ne lui en veux pas, c'est qu'on ne peut donner que ce qu'on a reçu… » Pensant tout de même qu'il est possible de maîtriser le destin, il poursuit : « Mais, moi, j'essaye quand même de ne pas mêler mon fils à l'éducation que j'ai reçue. Ce qui m'est arrivé n'est pas de sa faute ! Je tente de lui transmettre une éducation complètement différente. » Il insiste alors : « En vous racontant cela, je ne cherche pas d'excuses, simplement des explications. » Son fils Jean est né le 21 octobre 2006 de son union avec Élisabeth Bost. Il l'a connue alors qu'elle était stagiaire chez Réservoir Prod, elle a quinze ans de moins que lui. C'est elle qui l'a quitté au début de l'année 2009.

Delarue assume tout et parle librement, tel un homme qui a déjà réglé ses comptes avec le passé. Et il connaît trop bien les médias pour attendre d'eux la maigre consolation de la compassion. Je bénéficie donc, durant ce long retour à l'enfance dont je suis témoin, de plusieurs années d'introspection. Il

Alcoolique dès l'enfance

connaît son histoire, ses articulations avec le présent. Il a relu sa vie, sans doute aidé d'un psychologue, et il m'en fait état. Je suis reconnaissante de ce travail qui lui permet, ce jour-là, de parcourir sa vie comme une unité cohérente.

Ses premiers excès aident l'ado Jean-Luc d'affronter son quotidien. Peu à peu, la boisson s'installe dans sa vie. « J'ai découvert à l'âge de quinze ans que ce produit me permettait enfin de me désinhiber, en même temps qu'il me protégeait de l'extérieur, notamment de ce que je considérais comme des agressions et des humiliations de la part de ma famille. » À la maison, chaque fois qu'il se sert un verre prélevé dans la bouteille de whisky de son père, il le remplace par de l'eau. Dans les soirées, il boit tout en se perfectionnant dans l'art de la dissimulation. Pour illustrer le contexte permissif dans lequel il grandit, l'animateur me relate un épisode marquant. « Un jour, j'avais alors dix-sept ans, je me suis pris une cuite monumentale avec mon grand-père. À deux, nous avons descendu sept bouteilles ! » Alors, en reprenant son souffle, il ajoute : « Certains facteurs génétiques prédisposent à l'addiction. Dans ma famille, nous connaissions déjà des problèmes de

Dernières confessions

dépendance depuis plusieurs générations. » Il précise tout de même : ses parents, eux, ne boivent pas.

Ainsi héritier d'une longue tradition d'alcooliques, Jean-Luc Delarue la perpétue comme d'autres transmettent leur nom de famille. Qu'on ne s'y méprenne pas, le facteur génétique n'est pas un bon alibi selon l'animateur. Tout au plus est-il la cerise sur le gâteau de la malchance. Les années passant, l'alcool produit chez lui des dégâts durables. « À partir de vingt ans, j'ai commencé à penser que cet état d'ébriété était mon état normal, voire mon état préféré. Il ne serait pas tout à fait exact de dire que j'étais tout le temps pompette, ce n'était pas le cas... Je travaillais beaucoup. » Et, comme pour me rassurer, il affirme : « Je n'ai jamais eu la maladie alcoolique, je n'ai jamais eu les mains qui tremblent ou le besoin de boire tous les jours. Mais nul besoin de boire tous les jours pour être dépendant ! Je pense que la dépendance est un phénomène plus sournois. C'est simplement le fait d'y penser, d'avoir cette obsession, d'avoir envie de retrouver le produit... » Et tel était son cas. « Je me rends compte aujourd'hui que j'étais toujours dans le groupe de ceux qui buvaient le plus durant les fêtes. Je me souviens que

Alcoolique dès l'enfance

je participais à des jeux, tu parles de jeux… Neuf canettes étaient disposées sur une table. Nous étions deux en compétition. Le premier qui venait à bout de quatre canettes attrapait la cinquième et avait gagné. » Il reconnaît avoir souvent gagné, puis ajoute : « Ce n'était probablement pas les seules bières que je prenais dans la soirée. » Revenant à son rôle de porte-parole anti addiction, il met en garde : « Les parents doivent faire attention, car l'alcool est un produit très, très fort. Pour ma part, je n'avais jamais été prévenu qu'il pouvait être dangereux s'il était consommé excessivement. Les alcooliques, on les montrait du doigt, un peu comme si cela ne pouvait jamais nous arriver. » Comment détecter l'alcoolisme chez les jeunes ? Mon interlocuteur, rodé aux questions concrètes, enchaîne sans hésitation : « Un enfant qui boit un peu plus que les autres durant les fêtes, un enfant qui a tendance à avancer la fête du samedi à la fête du vendredi, puis parfois un peu à la fête du jeudi, un ado qui a tendance à y penser tout le temps, souffre de dépendance. C'était mon cas quand j'étais jeune. » Il se demande peut-être si je comprends réellement ce qu'il veut dire lorsqu'il précise : « Tous ceux qui peuvent boire un

Dernières confessions

verre ou deux et s'arrêter ne comprennent pas ce qu'est le problème de l'addiction. » Faisant alors référence aux groupes d'entraide qu'il fréquente, il me rapporte un commentaire formulé dans ce cadre : « Si quelqu'un veut savoir s'il est dépendant, qu'il entre dans un bar, commande un verre ou deux et qu'il voie dans quel état il sort. S'il est dépendant, ce n'est pas un verre ou deux qu'il aura bu… » Enfin, pour que l'histoire qu'on écrira de lui plus tard soit bien la sienne, il insiste : « C'est l'alcool qui est entré le premier dans ma vie. Je ne sais pas ce qui s'est passé. J'ai plongé dans l'alcool, et l'alcool est la porte d'entrée dans la drogue… »

II

ADOLESCENCE : LE DÉSERT AFFECTIF

« J'ai traversé toute mon adolescence comme un boxeur sonné. » Jean-Luc Delarue K.-O. Qui pourrait l'imaginer allongé sur le ring lorsque, quelques années plus tard, il fait la pluie et le beau temps sur les chaines hertziennes? Ses années de jeunesse ne furent que le prolongement logique d'une enfance tourmentée. « Les problèmes de drogue et d'alcool sont souvent des arbres qui cachent la forêt, me fait-il remarquer. Il est impossible d'en sortir si l'on ne guérit pas de choses plus profondes... » Se penchant alors sur les causes de son mal, il reprend le fil du souvenir. « J'ai un frère de deux ans de moins que moi. Contrairement à moi, il a toujours été un très bon élève. Dès la sixième, il a fréquenté les grands lycées parisiens : Louis-le-Grand, Henri-IV... Pour ma part, j'ai fait ma scolarité dans un collège de banlieue jusqu'en troisième, puis dans ce que ma mère qualifiait de lycée-poubelle. Dans ma famille, une grosse blague consistait à dire que mon frère et moi serions tous deux fonctionnaires – lui, président de la République, et moi facteur. » Sans doute parce qu'il aime le vélo et qu'il écrit des lettres d'amour... Mais les comparaisons permanentes entre son frère Philippe et lui l'humilient et le perturbent profondément. « Ce fut très déséquilibrant », commente-t-il avant de rappeler encore une fois qu'il ne reproche rien à personne. « Aujourd'hui, je n'en veux pas à mes parents, tel n'est pas le propos. » Tout de même, il avertit : « Parents, faites très attention ! »

Après le divorce, Jean-Luc Delarue trouve refuge dès qu'il le peut chez sa grand-mère maternelle, Renée. Elle tient un pressing dans le VIIIe arrondissement de Paris. C'est chez elle que le futur présentateur découvre les émissions de variété présentées par Michel Drucker et qu'il feuillette pour la première fois un exemplaire du *Petit Rapporteur*. Ses parents, eux, privilégient les distractions intellectuelles. Ils n'ont pas la télévision. S'il veut se divertir, le petit Jean-Luc est prié de lire !

Chez sa grand-mère, pas de comparaison. Elle est sa bouée de secours, son îlot de réconfort affectif

Adolescence : le désert affectif

dans le désert familial. « J'avais une grand-mère qui m'aimait, se souvient-il. Quand j'étais jeune, elle me disait : " Je t'aime de manière inconditionnelle. " » Alors que l'affection de ses parents semble liée à ses futures études, il ressent vivement cette différence. Un détail illustre, selon lui, la qualité des sentiments qu'elle lui porte. « Quand j'étais petit, je ne me piquais pas », précise-t-il au cas où… « Pourtant, elle regardait toujours mes bras pour voir si je me piquais, et c'est quelque chose qui me plaisait beaucoup, parce que cela signifiait qu'elle faisait attention à moi. » Tout ce qu'il n'a pas chez ses parents, Jean-Luc le trouve chez sa grand-mère. « Pour moi qui avais des parents autocentrés, cette grand-mère tellement tournée vers moi, c'est ce qui me permet aujourd'hui de retomber sur mes pattes. » Puisant je ne sais où la force de donner une conclusion positive à ce récit, il généralise : « Je pense qu'une seule personne suffit pour réussir à s'en sortir affectivement. S'il n'y en a aucune, c'est dur… Mais, si une personne suffit, qu'il y en ait plusieurs, c'est tellement mieux. »

Le patron de Réservoir Prod me répète toute la nécessité d'un amour qui se définit comme gratuit.

Dernières confessions

« Il est très différent d'être aimé en fonction de ce que l'on réussira, ou pas, plus tard, insiste-t-il. Il est très important de dire à un enfant : " Je ne t'aime pas en fonction de ce que tu fais, je t'aime quoi que tu fasses. " Les parents doivent créer un univers affectif qui fait que les jeunes n'iront pas chercher l'état anti-naturel que l'on expérimente au contact de la drogue ou de l'alcool. » Cet amour inconditionnel est devenu son leitmotiv. Il résume alors en quelques phrases le message essentiel qu'il adresse aux éduca-teurs lors de ses interventions dans les établissements scolaires : « Que les ados se sentent aimés incondi-tionnellement, je crois que c'est la clef. Qu'ils se sentent aimés quoi qu'ils fassent, quoi qu'ils réus-sissent ou pas plus tard. » Tel est précisément ce qui lui fit défaut, et c'est pour cela qu'il le martèle. « Voilà le message que je souhaiterais faire passer : faites en sorte que les jeunes n'aient pas à fuir leur vie, ainsi ils ne s'installeront pas dans les produits. Moi, j'avais à fuir ma vie car je n'étais pas heureux du tout dans ma vie d'ado. Je n'étais pas rassuré. J'étais même extrêmement inquiet lorsque je me projetais dans l'avenir. La barre était tellement haute que, rien qu'à la regarder, j'avais le vertige. La barre

Adolescence : le désert affectif

que mes parents mettaient pour moi, car moi je ne me mettais aucune barre. » « Je ne comprenais rien à ce qui se passait », commente-t-il avant de répéter : « J'étais un figurant. » Il m'avoue n'avoir découvert « la vie concrète » que des années plus tard. Mais selon lui, « Le mal était fait. L'alcool était entré dans ma tête et c'est lui qui m'a conduit à la cocaïne. »

Sa grand-mère Renée l'appelait à la fin de chacune de ses émissions. Et, symbole de ce lien fort qui les unit, Jean-Luc l'invita en voyage à Venise avec l'argent de son premier salaire.

III

VINGT ANS, LA PUB, LA COKE

« Je suis bavard, hein ? » Après cette première phase de l'entretien, Jean-Luc Delarue fait une pause. Il semble plus détendu et s'étonne lui-même de sa loquacité. Son débit de parole et son articulation paresseuse exigent encore de moi une attention de tous les instants. Je le regarde remuer les lèvres pour tout saisir. Ne rien perdre, surtout ne rien perdre ! Mais à cet instant, je n'ai posé que ma première question. Je profite de cette interruption pour noter rapidement deux ou trois thèmes à aborder quoiqu'il arrive avant d'enfouir mon questionnaire sous une pile de feuilles blanches... Je décide de le laisser arpenter son passé comme bon lui semble, quitte à ne plus rien maîtriser du tout. Une chose, une seule, me préoccupe : je suis venue parler de son addiction à la cocaïne et, après quinze minutes d'enregistre-

Dernières confessions

ment, soit le tiers du temps convenu, nous n'en sommes qu'à ses dix-huit ans – âge auquel il n'a encore jamais aspiré ne serait-ce qu'une petite bouffée d'herbe. Le mal dont il souffre est bien pire, et j'en suis réellement émue, mais il ne fera pas mon sujet. Heureusement, Jean-Luc a du temps devant lui et nous poursuivons le voyage au centre de sa mémoire.

À l'école, l'élève Delarue n'est pas un gros bosseur. Pour échapper à d'angoissantes interrogations, il ne cherche même pas à s'inventer un avenir. En 2006, il confie son manque d'ambition dans les colonnes de la revue *Entretien* : « À vrai dire, entre dix et dix-huit ans, je ne m'imaginais tout simplement pas travailler. [...] J'étais d'une grande insouciance, je ne pensais ni à ma carrière, ni à mon métier. » Il explique alors ce qui pourrait bien avoir motivé son choix d'études : « C'était juste après le second choc pétrolier, le chômage était élevé, je n'étais pas très bon élève. Ma mère me disait : "Il faut devenir fonctionnaire, c'est la sécurité de l'emploi." Je pense que cela a provoqué chez moi une réaction. » En juillet 1982, lorsqu'il obtient son bac B, il opte pour des études courtes, dans une filière nouvelle qui l'attire : la communica-

Vingt ans, la pub, la coke

tion. Enfin l'adolescent blessé prend goût aux apprentissages ! « J'ai découvert les études après mon bac, lorsque j'ai fait un IUT avec une option publicité. C'était avenue de Versailles à Paris. » Les candidats à l'inscription doivent passer un examen. « Un concours de deuxième rideau », selon les mots de l'animateur, mais à l'issue duquel un faible pourcentage est retenu.

De ses débuts dans le monde des adultes, Jean-Luc Delarue garde un souvenir enflammé : « C'était génial ! » Sa nouvelle vie, il l'apprécie d'autant plus qu'elle contraste fortement avec celle qu'il a connue. « Je ne sais pas trop pourquoi j'étais là, mais il se trouve que je me débrouillais très bien. J'ai eu une sorte de révélation. J'ai compris qu'il était possible de s'épanouir dans le cadre professionnel », raconte-t-il au journaliste d'*Entretien*. C'est dans cette euphorie qu'il apprend les bases du métier de producteur… et pose les jalons de sa future servitude. « Consommer de la cocaïne était assez à la mode dans le milieu de la pub lorsque j'ai commencé mes études », se souvient-il. C'est là que, pour la première fois, quelqu'un lui en propose. Un soir, entrant dans le studio qu'il loue à son père, il trouve sous

Dernières confessions

son paillasson de quoi réaliser sa première prise. Un quart de gramme de cocaïne. De cette expérience qu'il vit en solitaire, il retient « la sensation de décoller ». Je m'empresse alors de l'interrompre. N'était-il jamais passé par la phase cannabis avant ce jour ? « J'ai très peu touché au cannabis, répond-il. Ce n'était vraiment pas un produit de référence pour moi. » Et s'il a grillé un pétard une fois ou l'autre, ce n'est pas avant ce premier rail de coke. Je m'étais naïvement représenté les drogues dures comme un sommet dans la hiérarchie des stupéfiants, ce qui implique d'avoir franchi quelques étapes, la première étant, à ma connaissance, le cannabis. Peut-être est-ce souvent le cas, mais l'histoire de l'animateur est manifestement différente. Non, Jean-Luc Delarue n'a jamais été un petit fumeur de hachich.

Pour comprendre la tournure que prend alors notre entretien, un élément de contexte mérite d'être rappelé. En janvier 2011, soit à peine un mois plus tôt, un journaliste de *Libération*, Michel Henry, a publié un ouvrage intitulé *Drogues : pourquoi la dépénalisation est inévitable*. La préface est signée de Frédéric Beigbeder. Le débat sur la légalisation des drogues dites douces refait subtilement surface. Et au

Vingt ans, la pub, la coke

mois de juin 2011, l'ancien ministre du gouvernement Jospin, Daniel Vaillant, proposera la création d'une filière d'État du cannabis.

Delarue reproche aux défenseurs de la dépénalisation une vision tout simplement rétrograde. « Entre autres choses que j'ai apprises, c'est que, en matière de cannabis, il faut faire vraiment attention. » À nouveau, il s'adresse aux parents : « Parfois, j'entends des gens dire : " Oui, mais à mon époque, on fumait des joints et c'était cool ! " Je leur réponds que ce n'était pas le même produit. Le cannabis d'hier et celui d'aujourd'hui n'ont plus rien à voir ! À l'époque de Bob Marley, le principe actif du cannabis était le THC, soit le tétrahydrocannabinol deltat 9. » Nul doute, j'ai affaire à un docteur ès drogue. Il m'explique, en clair, qu'il n'existe plus de drogue douce. Je suis surprise par la précision de ses connaissances. Dans quel but a-t-il accumulé autant de savoir ? Pour mieux acheter ou pour mieux en parler ? Au lieu de l'interrompre, je me concentre sur ses explications. J'ai, sur ce sujet, quelques notions de retard. « Il en va du cannabis comme de l'alcool. Avec l'alcool, plus le degré est élevé, plus tu es bourré. Plus le taux de THC est élevé dans le cannabis, plus

Dernières confessions

le produit est euphorisant, plus il est addictif. Vous savez cela ? Vous devez être pointu sur toutes ces questions si vous voulez parler aux parents… » Ouf, il n'a pas attendu ma réponse. Puis, reprenant les termes de son fidèle compagnon de tournée, il raconte : « L'un de mes amis – il s'appelle Camel – dit la chose suivante : " Nos fins horticulteurs hollandais ne sont pas bons seulement dans la culture des tulipes… Ils ont fait en sorte que les herbes produites aujourd'hui soient génétiquement modifiées et contiennent de 30 à 40 % de THC. " » Son discours continue d'être pédagogique : « Ce point est très important à connaître », insiste-t-il, comme si j'étais son élève… ce qui est le cas, après tout, depuis quelques instants. Je note. Il précise : « Certains sites internet qui vendent des graines pour faire pousser de l'herbe vous expliquent que, une fois germée, elle est à fumer couché ou assis. Au moins, tu es prévenu : tu ne tiens pas debout ! » Le fin connaisseur alterne entre théorie et pratique. Quoi qu'il en soit, il n'est jamais hors sujet puisque, quelles que soient ses digressions, il en revient toujours à ce qui intéresse mes lecteurs. « Le produit actuel est extrêmement puissant et addictif. Plus les parents le savent, plus ils

Vingt ans, la pub, la coke

ont des arguments pour en parler avec leurs enfants. » Enfin, pour qu'aucune ambiguïté n'entache son propos et que nul ne lui reproche un jour de retourner sa veste, il me fait observer : « J'entends parfois à la radio ou à la télé certains animateurs… » Sans prendre le temps d'achever sa phrase, il enchaine : « Je n'ai pour ma part jamais fait l'apologie de l'alcool ou de la drogue. Jamais, jamais, jamais ! » Il parle fort et son ton est catégorique. « Tout cela a été un problème solitaire grave pour moi. Mais je n'en ai jamais fait l'apologie, ni en privé, ni en public. » Cette pensée le protège un peu. Quoique faible face aux « produits », comme il les appelle, il a toujours été honnête avec lui-même et avec les autres. Parce qu'il tient là un élément puissant de sa rédemption, il me regarde fixement et me dit : « Cela, notez-le ! »

Puis, regrettant peut-être d'être trop bavard, Jean-Luc Delarue prend soin de recadrer ses propos. « J'imagine que tout cela est un peu le sens de vos questions… » Je le rassure. Intérieurement, je le remercie même de répondre si bien à toutes ces interrogations que je ne lui soumets pas. « C'est bien que vous fassiez un numéro sur ce sujet », note-t-il

Dernières confessions

en aparté. Nous poursuivons cet échange informel. Il reprend alors avec une pointe d'ironie marquée : « Et puis, la cocaïne ce n'est pas dangereux du tout : je connais des gens qui sont morts d'arrêt cardiaque ou d'arrêt respiratoire à l'âge de vingt ans ! » Il me raconte l'histoire de ces personnes qu'il connaît, qui ont vécu à l'état d'épaves et ont perdu toute humanité. Perdue dans mes pensées, probablement en train de visualiser cette déchéance, je me surprends à dire : « Moi aussi... » J'ai parlé si bas qu'il n'aurait pas dû m'entendre, mais c'est mal connaître le Delarue converti. Le boss pressé est devenu ultra-attentif à tout signal émis par son interlocuteur, raison pour laquelle j'interviens si peu : je crains que son extrême sensibilité ne transforme l'interview en une forme de discussion où chacun apprend de l'autre... J'en ai fait les frais un an plus tôt avec une actrice bien connue : malgré une heure et demie d'échange, j'étais rentrée chez moi avec à peine de quoi remplir une page... Alors, pour éviter cette dérive, je le laisse sciemment basculer dans un tout autre genre : la confession. Et, pour en revenir à mon demi-aveu, il a l'effet d'un révélateur. « Ah bon, vous connaissez quelqu'un... ? » Il me fait préciser :

Vingt ans, la pub, la coke

« C'est qui ? » J'ai effectivement cotoyé ce monde-là, mais de l'autre côté de la barrière, voyant un de mes proches s'enfoncer dans l'addiction. Dans un premier temps, il me regarde comme si j'étais devenue quelqu'un d'autre, puis me fait confirmer que nous parlons bien de la même chose : « Ah oui ? De la coke ? » Un long silence suit ma réponse. Sur la bande d'enregistrement, on entend durant plusieurs secondes des bruits de mouvement. Moi, je n'ai pas bougé. Lui s'est allongé sur l'immense banquette. Les yeux fixés en direction de la fenêtre, la tête appuyée sur sa main. Tournant le regard, il s'assure que, de sa nouvelle position, il peut me voir et, sans attendre de question, il reprend la parole dans un total hors sujet : « La bonne volonté, elle est partout, vous savez... Elle est là où on la met... Mais attention ! Quand la maladie a vraiment fait son travail, on ne contrôle plus rien... » Qu'importe l'ordre dans lequel il raconte les choses, l'important étant désormais pour moi qu'il raconte.

IV

BOULIMIE, SUCCÈS ET VIEUX DÉMONS

« C'est la première fois de ma vie que j'ai du temps », soupire l'animateur le mieux payé du PAF. En vingt-cinq ans de carrière, l'inventeur de la télé-vérité n'a jamais dit stop. Il ne s'est jamais retourné pour faire le compte de ses succès et de ses échecs. Mais, en ce lundi de mars, il a enfin la vie devant lui et me déroule tranquillement le cours de ses années folles.

Jean-Luc Delarue a vingt-trois ans lorsqu'il vend sa première émission de télé. Son client est la chaine privée TV6 et le programme s'appelle *Une page de pub*. L'aventure dure cinq mois et suffit à fixer le jeune producteur sur son choix de carrière. Le 1er avril 1987, il entre sur Europe 1 pour animer le Top 50 ; il y restera dix ans. Dix années pendant lesquelles il multiplie les passages à l'écran. On le voit présenter *Les Enfants du Rock* sur la 2, *La Grande famille* sur Canal+... Mais l'année du succès, c'est incontestablement 1994. Jean-Pierre Elkabbach, ex-Europe 1 et nouveau patron de France Télévisions, le débauche. Il lui propose un contrat de producteur-animateur moyennant une somme record située entre trente et quarante millions de francs. Le jeune prodige lui soumet un concept inédit. Il a pour titre *Ça se discute*. Pour trouver un programme similaire donnant la parole à des inconnus, il faut alors se référer aux États-Unis. Delarue est certain du succès. Si les histoires de ses voisins de table au restaurant l'intéressent, il doit bien y avoir un public pour son émission! Il parie donc sur les anonymes. Le succès est immédiat, l'émission durera quinze ans.

Revenant sur cette période qui fut aussi celle de toutes les démesures, il raconte : « Lorsque j'ai monté cette entreprise dans laquelle vous êtes aujourd'hui, celle dans laquelle vous m'interviewez, j'ai fait plein d'émissions. J'ai produit beaucoup d'animateurs... » Il me parle comme si j'avais vécu sans la télé. J'écoute sans l'interrompre. « J'ai beaucoup souffert d'avoir mis la barre trop haut et d'avoir voulu ensuite prouver au monde entier, à commencer par ma famille, que je pouvais réussir dans la vie », regrette-t-il. « Tout se passe dans la famille. » Commence alors une course effrénée vers la réussite. « J'ai travaillé, travaillé, travaillé comme un fou. Je me suis beaucoup angoissé pour ça. Disons-le, je suis rentré dans une boulimie de travail. » À l'observer le front plissé, le ton grave, on dirait un vieil homme qui évoque des temps très anciens. « Trop de vie, trop de pression… » Le boss cherche à fuir cette vie où tout va trop vite. « Parfois, j'ai fait des *burn-out*. Parfois, j'ai perdu le contrôle et je me suis souvent réfugié dans l'alcool. Et puis… comme à vingt ans on m'avait offert en cadeau de la cocaïne, je me suis souvenu que ce produit aidait à dépasser l'état alcoolique. » La presse ne parle pas encore des soirées « blanc-bleu », entendez « Viagra-cocaïne », qu'il organise chez lui. Mais, déjà, ses pertes de contrôle font le tour de l'Hexagone.

En février 2007, sous l'emprise des médicaments et de l'alcool, il agresse le personnel du vol Paris-Johannesburg. Quelques jours plus tard, il avoue sur RTL avoir, pour tromper sa phobie de l'avion, absorbé des somnifères et consommé plusieurs verres de vin. Reconnu coupable de violence et d'outrage pour ces faits, il se voit condamné à un stage de citoyenneté.

Dernières confessions

2009, pour Delarue, c'est l'année terrible. En janvier, il se sépare d'Élisabeth Bost. En février, il dérape en direct lors de l'émission *Globes de Cristal*, demandant à la réalisatrice Yamina Benguigui : « Vous voulez que je tienne votre globe... ou vos globes ? » La sanction tombe, l'animateur est interdit de direct. Entre-temps chez Réservoir, enregistrer un épisode de *Ça se discute* est devenu une prouesse : retards, absences, changements de dernière minute... Pour Delarue, la descente aux enfers a commencé. « Au départ, j'ai consommé la cocaïne pour remplacer l'alcool, puis pour tenir debout... Mais en en prenant un peu, je l'ai laissée entrer dans mon cerveau, et c'est devenu une vraie maladie. » Une maladie qu'il vit en solitaire et dans la démesure. S'il est arrêté en 2010 dans le cadre d'un trafic de stupéfiants dans les Hauts-de-Seine, c'est en raison des quantités qu'il se procure. Elles sont astronomiques, et les policiers peinent à imaginer qu'elles servent uniquement à sa consommation personnelle. C'est pourtant bien le cas.

La cocaïne est la drogue des riches... ou des escrocs. Jean-Luc Delarue est conscient que ses revenus importants l'ont préservé du pire. « Le budget, c'était devenu n'importe quoi. » Au cours de

Boulimie, succès et vieux démons

l'été 2010, il se situe entre sept et douze mille euros par mois. « L'avantage, c'est que je n'avais pas besoin de voler ou de dealer », reconnaît-il. Sa situation de privilégié ne l'éloigne toutefois pas de la réalité des jeunes qui l'écoutent : « Vous savez, tous les toxicos qui sont en prison, ce n'est pas pour des problèmes de consommation. C'est pour des problèmes de vol ou de deal… Ils sont coupables de s'être procuré de l'argent illégalement. »

C'est après les soirées, lorsque le rideau tombe, que Jean-Luc retrouve ses « produits ». Jamais avant ou pendant le travail, jamais en vacances, jamais devant ni avec les autres. Lorsqu'on lui demande où l'on peut s'en procurer, il répond qu'il ne sait pas. Lorsqu'on lui en propose, il dit qu'il n'en veut pas. Il tient à sa solitude. Cette pudeur est peut-être la dernière part d'humanité qu'il trouve en lui lorsqu'il se regarde dégringoler.

Aux adolescents et parents qui viennent l'écouter, l'ex-toxicomane ne manque jamais une occasion de rappeler à quel point ces substances ferment au monde. « En fait, on pourrait penser que ça ouvre, que c'est une drogue sociale. Mais rien de cela n'est social. Au début, on commence toujours à plusieurs.

Dernières confessions

C'est un point sur lequel j'insiste beaucoup dans les lycées et les collèges. Au début, il y a toujours cet effet de groupe. Je parle là de l'adolescence et des premières expériences. On commence par défi, par curiosité, par opposition aux parents, par goût de la découverte, pour faire comme les autres, par conformisme et pour plein d'autres raisons. Mais, s'ils démarrent toujours en groupe, tous les toxicomanes, tous les alcooliques, finissent seuls... seuls avec leur consommation. »

L'ex-alcoolique porte un regard compatissant sur les habitués du zinc. Il se projette encore dans tout poivrot qu'il croise sur sa route et se demande quel chagrin celui-là noie dans son verre de whisky. « Les gens accoudés au comptoir des cafés, alignés les uns à côté des autres avec leur verre devant eux, ce n'est pas un verre qu'ils boivent, c'est un verre à la fois. Ce qui fait donc plusieurs verres. Je les regarde et je m'aperçois qu'ils sont seuls. Ils sont seuls avec leur conso. Leur problème, c'est leur couple. C'est en clair la femme que vous n'avez pas, ou que vous n'avez plus, ou à qui vous ne parlez pas... » Une histoire qui ressemble tellement à la sienne... En décembre 2009, lorsqu'il se sépare d'Élisabeth Bost, ils ont déjà coupé l'appartement en deux depuis plusieurs mois et font

54

Boulimie, succès et vieux démons

ménage à part. « L'alcool devient alors une histoire d'amour passionnelle, toxique et mortelle. Attention, c'est une maladie incurable. C'est une maladie progressive et c'est une maladie mortelle, mais que l'on peut arrêter à un moment de sa progression quand on capitule et quand on la traite. » La solution, il l'a trouvée en confiant son malaise. Mais il a mis du temps. « Je pensais pour ma part que je n'avais pas le droit de demander de l'aide. Moi, j'étais au contraire la personne à qui tout le monde racontait ses problèmes et qui réglait les problèmes de tout le monde. À la télé ou pas. Résultat, je ne me suis pas du tout occupé de moi. Je me suis complètement laissé filer. » L'homme qui faisait parler les gens n'avait personne à qui se confier à son tour. Je découvre pourtant avec étonnement à quel point, et malgré tant de circonstances excusant ses faiblesses, il a toujours conscience d'agir librement lorsqu'il cherche la solution à son malaise du côté des « produits ». « L'alcool ou la drogue, c'est un choix. On a le droit de bousiller sa vie, on fait ce qu'on veut. Chacun a sa vie qui lui appartient. » Lui ne croit plus à ce bonheur. « Il n'existe pas de toxicomane heureux », me répète-t-il plusieurs fois avant de conclure : « Cela aussi, il faut le dire ! »

V

14 SEPTEMBRE 2010 : L'ÉLECTROCHOC

« On dit souvent qu'il faut un choc salutaire pour arrêter, et je pense que ça a été mon choc salutaire… » L'animateur évoque de lui-même le souvenir douloureux de ce mardi 14 septembre. Il est six heures vingt du matin lorsqu'une équipe de policiers des Hauts-de-Seine sonne à la porte de son domicile parisien.

– Bonjour, Police. Vous savez pourquoi on est là ?

– Oui, je sais pourquoi vous êtes là. Vous êtes là pour la cocaïne. D'ailleurs j'en ai, j'en ai acheté hier, et vous devez le savoir car je dois être sur écoute.

Ce matin, un coup de filet effectué sur commission rogatoire permet de ramasser une dizaine de personnes, dont plusieurs « gros consommateurs ». L'un d'eux s'appelle Jean-Luc Delarue. La Brigade des stupéfiants filait le réseau depuis des mois.

À sept heures, l'animateur pointe dans les locaux de la Sureté urbaine de Nanterre, escorté de deux policiers. La tenue sombre qu'il a choisie est immortalisée par un cliché de son grand ennemi : le paparazzi Jean-Claude Elfassi. Il est placé en garde à vue, seul en ce petit matin d'automne.

S'ensuivent neuf longues heures d'audition. L'enfant gâté de la télé, le surdoué, le beau gosse, le patron, c'est à des policiers qu'il livre ses premières confidences. C'est à eux que, pour la première fois, il parle sans retenue. Des extraits de cette audition seront plus tard dévoilés dans la presse. « C'est vrai que je consomme beaucoup », y lit-on. « Hier soir, par exemple, j'ai été livré à dix-huit heures quarante et j'ai consommé quatre grammes jusqu'à deux heures et demie. » Puis il renseigne les enquêteurs sur sa manière de se procurer la marchandise. « Tout se passait soit par téléphone, soit par texto, soit par appel. Je demandais le jour où je voulais et à l'heure que je voulais. Je ne mettais jamais les quantités car c'était entendu pour vingt grammes à chaque fois. On me confirmait l'heure et me rappelait quand le mec était là. Je descendais le chercher dans mon hall ou dans l'escalier, le plus souvent dans l'escalier. Le tarif était de quatre-vingt-dix euros le gramme. »

Enfin le choc salutaire, qu'il redoutait autant qu'il l'espérait, a lieu ! Au fond de lui, il sait que c'est le bon

14 septembre 2010 : l'électrochoc

moment pour tout lâcher. Malgré le soulagement qu'il avoue avoir éprouvé, le coup reste rude à encaisser : les heures d'audition, la médiatisation de ce qu'il cache avec soin depuis tant d'années. « J'ai été arrêté par la police et toute la France l'a su, s'exclame-t-il comme s'il s'en étonnait. Ce ne fut pas un moment agréable. » Un euphémisme pour cet homme qui n'a jamais vraiment assumé son statut de célébrité et se décrit avant tout comme un grand complexé.

À quinze heures trente, la garde à vue prend fin. L'animateur saute à l'arrière d'une moto, dissimule son visage sous son casque et file en direction de France Télévisions. À dix-huit heures débute l'enregistrement de *Toute une histoire*. À la fin de l'émission, il présente ses excuses au public. Malgré le choc, Delarue n'a pas perdu son humour et ne manque pas de relever l'apparente incohérence de son destin : « Je suis en traitement depuis quelque temps déjà. Donc les choses arrivent dans le désordre, si j'ose dire. » Interpelé après avoir décidé d'arrêter, il sourit. Le 3 septembre, soit une dizaine de jours auparavant, il a rencontré son médecin. Ensemble, ils ont fixé la date de son sevrage total de cocaïne : le 23 septembre, début de ses prochaines vacances. Pourquoi cette

Dernières confessions

décision? «Vous ne savez jamais quelle est la conversation qui va provoquer le bon déclic», m'explique alors le rescapé de la coke. «Mon déclic, en réalité, ça n'a pas vraiment été la police. Ce fut plutôt ma santé… Onze jours avant mon arrestation, j'étais allé voir un médecin. J'avais la gorge surinfectée. Je n'avais plus de voix. C'est dommage pour tout le monde et surtout pour un animateur! Je pense que j'étais au bout de là où l'on peut aller. J'avais des problèmes de cœur, des problèmes de digestion… Je ne pouvais plus monter un étage sans être essoufflé, alors que je suis marathonien!» Delarue craignait pour sa santé. Pire, il craignait pour sa vie. «J'étais au bout du truc. Après, c'était le cimetière.»

En cette fin d'été 2010, il a peur de mourir et c'est d'abord pour cette raison qu'il décide d'arrêter la drogue. Son hygiène de vie pitoyable lui coûtera, je pense, le fait de vivre cette année 2011 une épée de Damoclès pendue au-dessus de sa tête. Je sens, lorsqu'il me parle, qu'il en a encore peur.

Le 7 janvier 2011, Jean-Luc Delarue est mis en examen pour acquisition et détention de cocaïne. Les enquêteurs ont révélé les chiffres qui illustrent bien son degré de dépendance. Durant ses périodes noires,

14 septembre 2010 : l'électrochoc

c'est quasiment un tiers de son salaire qui y passe, soit en moyenne dix mille euros. Le tiers de ses revenus pour un ersatz de bonheur ! À raison de cinq grammes par jour, Delarue se situe déjà dans la fourchette haute de ce qu'un corps humain peut supporter. Lorsqu'il met fin à sa consommation, il ne lui reste plus beaucoup de marge pour aggraver son cas. En fait, chaque jour, il flirte avec l'overdose.

L'attitude du juge d'instruction, une femme, a sans doute joué un grand rôle dans sa persévérance. Plus tard, il avouera ne retenir qu'une chose de cette rencontre : elle ne l'a pas soumis à un contrôle judiciaire. Il le prend comme « une preuve d'encouragement » face au processus qu'il a mis en place pour se débarrasser de ses addictions. De sa propre initiative, Delarue subit chaque semaine un dépistage de drogue. Chez lui, il compte ses jours de rémission. Leur nombre croissant alimente sa fierté.

Il rassure ceux qui ont encore tout ce chemin à parcourir et qu'il rencontre au cours de ses déplacements. « Je l'ai fait à quarante-six ans, ce qui prouve que ce n'était pas impossible ! » Puis il ajoute à destination de mon jeune public : « On peut aussi le faire plus tôt. »

VI

CAPITULER, PARLER, S'ENTOURER

« Ce qui me permet de m'en sortir aujourd'hui, c'est principalement le fait que j'ai complètement capitulé devant le produit. » Abdiquer. Telle fut la méthode de Jean-Luc Delarue pour vaincre ses vieux démons. La solution semble *a priori* la stratégie des faibles, pourtant que de volonté faut-il pour en arriver là ! La démarche suppose aussi une bonne dose d'humilité. « Capituler signifie accepter l'idée que nous ne sommes pas plus forts que le produit. » C'est baisser les armes. Se rendre face à l'ennemi. « J'ai arrêté de me bagarrer avec lui, j'ai arrêté de penser que je pourrais être plus fort que lui parce que, quand on est dépendant, on n'est pas plus fort que le produit. C'est lui qui est plus fort que nous… Ce n'est plus une affaire de volonté. » Capituler. Le mot semble si bien correspondre à ce qu'il expéri-

Dernières confessions

mente, qu'il prend le temps de justifier la métaphore. « C'est un terme que l'on utilise lorsqu'un pays se rend face à un autre à l'issue d'une guerre. Capituler, c'est perdre une guerre. » Pour mieux rendre compte de la radicalité d'une telle décision, il ajoute : « C'est en fait une petite mort. » Étonnant paradoxe que ne manque pas de relever Delarue, « une force naît de cette capitulation ». « Aujourd'hui, poursuit l'animateur, j'ai dû tout arrêter. Ce que je ne savais pas alors, c'est que, pour s'en sortir, il fallait tout arrêter. Arrêter tous les produits qui altèrent le comportement. » Tout, pour Delarue, c'est un trio fatal impliquant l'alcool, la cocaïne et aussi… les médicaments.

« Lorsque j'ai voulu sortir de la cocaïne et de l'alcool, j'étais encore très jeune et on m'a tout de suite prescrit un traitement », se souvient l'animateur. « J'ai pris beaucoup de médicaments, pendant longtemps. Je m'y suis habitué. » Il dresse une liste probablement non exhaustive de ce qu'on trouvait alors dans son armoire à pharmacie : « Je prenais du Lexomil, Xanax, Atarax, Imovan, Stilnox, ainsi que des décontractants musculaires. » Il me regarde alors, et, lisant probablement sur mon visage une forme

Capituler, parler, s'entourer

d'effroi, il ajoute en souriant : « Enfin, je ne prenais pas tout ça en même temps ! » En sortir, pour Jean-Luc Delarue, c'est donc abandonner toute une pharmacopée autour de laquelle il a organisé sa vie sur le long terme. Est-il capable de vivre sans ces béquilles ? Comment le saurait-il lui qui n'en a jamais fait l'expérience ? « Je n'avais jamais stoppé les médocs en dix ou quinze ans. Depuis six mois, je n'en prends plus et c'est la première fois que cela arrive. Depuis le jour où j'ai arrêté les antidépresseurs et les anxiolytiques, je n'ai plus jamais été dépressif ! C'est incroyable non ? » Il rit !

Pour l'alcool et la cocaïne, ses nombreuses tentatives de sevrage se sont soldées par des échecs. Après quoi il retombait plus bas. « J'ai beaucoup de volonté mais, preuve que cela ne suffit pas, j'ai souvent tenté de mettre fin à mes addictions sans y parvenir. Souvent, j'ai tout arrêté. Je me suis mis à courir et suis même devenu marathonien. J'ai fait plein de choses. Mais à chaque fois, ma récompense passait par un petit verre de vin. Et hop, un verre de vin en appelle un autre… Je ne sais pas m'arrêter. » Puis il avoue : « Si j'ai eu autant de mal à tout lâcher jusqu'à présent, c'est parce que je programmais ma re-consommation.

Dernières confessions

Ma détermination me faisait stopper quelques mois, mais je me disais : "Je pourrais reprendre un peu d'alcool, je pourrais prendre un peu de ceci…" Et voilà, je programmais ma reconso. Ma volonté ne tenait que parce que j'avais un délai au bout duquel je savais que je m'autoriserai à boire un nouveau verre. Maintenant c'est autre chose, j'ai décidé que je ne boirai plus. »

« Quand la maladie a vraiment fait son travail, on ne contrôle plus rien. S'en sortir n'est alors plus une question de volonté. Les bons désirs ou la motivation parfois ne suffisent plus. » Quoi qu'il en dise, il a su faire preuve de détermination. N'est-ce pas son désir de prouver à sa famille qu'il n'était pas le « débile » du clan qui l'a conduit au sommet ?

Mais il n'est plus ici question de courage. C'est l'un des messages forts auquel il revient sans cesse. Il tient à son statut de malade et, à entendre la description qu'il fait de lui dans ses pires années, il est juste de le lui accorder.

La dépendance, lorsqu'elle a atteint des sommets, ne peut être vaincue que par une thérapie. « Quand j'étais jeune, nous distinguions deux types de consom-

Capituler, parler, s'entourer

mateurs de drogue : les accro et les pas accros. Nous disions par exemple qu'on ne pouvait pas être accro physiquement à la cocaïne. Nous pensions qu'on ne pouvait l'être que psychologiquement. Mais n'est-ce pas pire d'être accro psychologiquement? Lorsque vous êtes accro physiquement, vous faites un sevrage et vous ne l'êtes plus. Lorsque vous êtes accro psychologiquement, le truc reste dans la tête et la tête, c'est puissant comme partie du corps! » Il est certes plus facile de suivre un traitement que de réinventer sa vie. Le dépendant psychologique doit trouver des solutions pour vaincre durablement son terrible adversaire. Pour cela, il faut que le remède atteigne les profondeurs de sa personne. Une fois de plus, il trouve les termes justes expliquant les solutions qu'il a choisies pour résister au chant de la sirène cocaïne. Sa méthode consiste avant tout à « vider » son cerveau de ces substances et à les « remplacer par autre chose ». « Ce qu'on remplissait de l'extérieur devient dès lors rempli de l'intérieur. » Ce quelque chose, Delarue l'a enfin trouvé. Sa solution consiste à parler pour aider les autres.

Autre point important pour se donner toutes les chances de pérenniser sa rémission : s'entourer des bonnes personnes. Quelques semaines avant notre rencontre, Delarue est apparu publiquement avec celle qui deviendra sa femme un an plus tard, Anissa Khel. Elle le soutient dans son combat. Pour éviter les mauvaises influences, l'addict repenti n'hésite pas à couper court toute relation qui mettrait en péril ses résolutions. « Réorganiser sa vie implique aussi d'accepter de ne pas revoir certaines personnes... » À qui pense-t-il ? N'étant pas venue pour un article people, je ne juge pas utile d'en dresser la liste avec lui.

De quoi a le plus besoin un convalescent rescapé de l'overdose ou de la cirrhose du foie ? Je l'interroge. « Du STA. Vous connaissez le STA ? » Il guette ma réponse et ne peut s'empêcher de sourire. Heureusement, je ne mens pas. L'abréviation *made by* Delarue signifie « Sois Tendre et Affectueux ». « On a besoin de STA, on a besoin de compréhension, on a besoin d'encouragements. » Lorsqu'il me l'explique, il ne manque visiblement pas de cette nouvelle substance. Il semble heureux. De son séjour au fond du gouffre, il a retenu les paroles de soutien des inconnus qu'il a croisés. « Je suis assez étonné par les mots gentils que j'entends autour de moi. Depuis mes problèmes avec

Capituler, parler, s'entourer

la police, je n'ai jamais eu un mot négatif. Vous vous rendez compte ? Jamais ! Je n'ai eu que des encouragements. Des mots du type : "Bravo pour votre combat !", "Accrochez-vous, bravo !", "C'est bien, allez !", "Surtout, continuez !" » Il avoue alors sans retenue : « Cela me fait beaucoup de bien, ça me touche beaucoup. »

Il me confie d'une voix fragile la récompense qu'il a obtenue pour son courage : « J'ai retrouvé mes larmes. Ma thérapeute m'a dit qu'elles étaient comme des points de suture sur mes souffrances. » Il se tourne alors vers moi pour chercher mon approbation : « C'est joli, non ? »

VII

TÉMOIGNER POUR GUÉRIR

« Je suis un programme dans lequel aider les autres, c'est s'aider soi-même. » Mais alors, son Tour de France serait-il une forme d'altruisme intéressé ? Tirer cette conclusion serait mal connaître le Delarue que j'ai rencontré ce jour-là. C'est vrai qu'il a besoin de s'occuper l'esprit, alors pourquoi ne pas le faire en se sentant utile ? C'est vrai qu'il a envie de retrouver « le mec bien » qui sommeille en lui. C'est vrai aussi qu'il cherche à fuir Paris et ses tentations. C'est vrai, il a beaucoup de raisons de partir... Pourtant, il me semble que s'il prend le large, c'est avant tout pour combattre l'ignorance chez les jeunes grâce à son témoignage. « L'ignorance augmente la vulnérabilité. Face aux substances, il faut se montrer le moins vulnérable possible. Le risque de tomber dans l'addiction diminue à mesure que l'on est informé.

Dernières confessions

Cela ne veut pas dire qu'on passera à côté de tous les problèmes, mais on sera moins vulnérable. » Lorsqu'il me raconte sa tournée, et bien qu'à jeun depuis six mois, Delarue garde quelque chose de ces gens ivres qui tournent en boucle sur une idée fixe. La sienne pourrait se résumer en trois mots : aider les jeunes. « Je n'ai pas envie que les produits fabriquent des générations de dépendants. Alors, si je peux aider... » Elle sonne juste, sa phrase.

Le 24 février 2011, un mois avant notre rencontre, le toxico en rémission a pris la route. En campingcar, pour le contact avec la nature et les facilités qu'il permet. « Je transporte ma maison avec moi. » Le véhicule couleur gris clair est immense. C'est Jean-Luc qui conduit. De temps en temps, il passe le volant à l'un de ses compagnons de tournée : Arnaud Gachy, son fidèle ami de Réservoir Prod, mais aussi Camel ou Maxime, deux anciens toxicomanes rencontrés lors de sa première étape à Quimper. Ils témoignent avec lui auprès des jeunes et de leurs parents. « Lorsque j'interviens dans les collèges et les lycées, je suis accompagné de deux autres personnes qui ont connu des problèmes de dépendance à la drogue. Maxime, dix-neuf ans, vient d'avoir son bac.

72

Témoigner pour guérir

De douze à dix-sept ans, il fumait excessivement. »
À propos de son ami Camel, Jean-Luc Delarue
explique qu'il « calait des douilles ». S'ensuit alors
une explication détaillée visant à décourager qui-
conque voudrait tenter l'expérience. « Il prenait des
marqueurs de l'école, leur coupait la tête, gardait le
feutre et la recharge qu'il introduisait dans un tuyau
d'arrosage, lui-même introduit dans une bouteille
d'eau. La bouteille était plongée dans l'eau. Le bout
de marqueur évidé jouait alors le rôle d'une douille
qu'il remplissait de cannabis. Parfois, il introduisait
des médicaments en poudre. Il fumait cela en tenant
le haut de la bouteille. Ce procédé permet d'absorber
l'équivalent de sept joints. Un joint, c'est dix cigarettes. C'est donc l'équivalent de soixante-dix
cigarettes! Comme la fumée passe par l'eau, elle est
froide et l'on ne se rend pas compte à quel point on
peut en aspirer beaucoup. Cela ne brûle pas les poumons. Ça rentre plein pot... » Camel, donc, repenti
lui aussi, utilise son savoir-faire pour convaincre
l'auditoire.

À ma question concernant l'accueil que lui
réservent les établissements scolaires, l'animateur se
montre agréablement surpris. « Je les trouve très

Dernières confessions

ouverts d'esprit. » Mais il ne se fait pas d'illusion sur la raison de telles dispositions : « Ceux qui me reçoivent sont ceux qui me demandent de venir. Parfois, il arrive que certains râlent un peu, mais ils sont minoritaires. Les gens ont parfois peur qu'on pense que, dans leur établissement, il y a plus de problèmes qu'ailleurs. Je leur dis que, au contraire, ils font en sorte qu'il y en ait moins, puisqu'ils prennent le taureau par les cornes. » Les établissements qu'il a fréquentés au cours de son Tour de France sont variés, révélant par là même l'universalité des problèmes qu'il aborde. Impossible d'en dresser un portrait-robot. « Je vais aussi bien dans les établissements privés que publics, dans les collèges que les lycées… Je vois des élèves de quatrième-troisième, ainsi que des BTS. Je vois de tout… » Aujourd'hui, il a déjà en tête une cartographie claire des problèmes d'addiction. Elle est simple ; il me la résume en quelques mots : « Ce que je sais, c'est que les problèmes sont partout. Dans toutes les villes de France, dans tous les établissements, dans toutes les familles. On peut considérer qu'aujourd'hui, une majorité des 12-17 ans a déjà été en contact avec le cannabis. Personne n'est à l'abri. Le vrai problème est qu'il ne faut pas qu'ils accrochent. »

Témoigner pour guérir

Pour préparer ses interventions dans les établissements, Jean-Luc Delarue tente de bien cerner les attentes. Il règle les détails de chaque rencontre avec la même rigueur que s'il préparait une émission : « Je parle avec les proviseurs, les infirmières et avec mon équipe qui organise le tour. J'essaie de prendre conscience des petits problèmes qu'ils ont rencontrés. » En réalité, les variantes sont peu nombreuses d'un endroit à l'autre. « Je me suis vite aperçu que, s'agissant des collèges ou des lycées, les problèmes sont à peu près les mêmes partout. » Il me dresse alors la liste des cas auxquels il est confronté. « La première alcoolisation commence très jeune. Dans les situations extrêmes, elle débute dès la sixième. Tous les établissements que je fréquente ont connu des problèmes de cannabis et des comas éthyliques. Je m'aperçois en outre que la cocaïne est de plus en plus présente. Elle est désormais partout : dans toutes les villes, dans toutes les régions. Le fait est qu'elle est de moins en moins chère. Tous les adultes doivent savoir que les cartels ont décidé de s'attaquer à l'Europe. Ils arrivent avec une offre discount. » Son discours est rôdé, concret, percutant. Il poursuit. « Les parents doivent réaliser que le dealer n'est pas

75

Dernières confessions

comme dans les séries américaines où le mec arrive en 4x4 avec son attaché-case... Le dealer, c'est le meilleur copain, la meilleure copine, le cousin, la cousine... C'est généralement quelqu'un que les jeunes connaissent très bien. Ne caricaturons pas ! Le problème c'est que le dealer est un peu court en termes d'information... Il ne décrira pas à votre enfant les effets secondaires des produits. »

L'objectif d'audience que Delarue s'est fixé est bien loin de ceux qu'il avait l'habitude d'atteindre. De ce point de vue, il est entré dans une autre dimension. Dans les écoles, les salles ont beau être combles, elles ne contiennent que quelques centaines de personnes. Auparavant, il comptait ses auditeurs par millions. Maintenant, il confie : « Chaque fois que je rentre dans une salle, je me dis que si je pouvais en sauver un, ce serait déjà pas mal. » Pourquoi un ? Sans doute parce que ça aurait pu être lui.

Pour faire passer son message, il croit encore et toujours à la vertu du témoignage. « Si j'avais un cancer », lance-t-il brusquement avant d'ajouter... « souhaitons que je n'en aie pas, j'irais consulter autant des gens qui ont le même cancer que des can-

Témoigner pour guérir

cérologues. Les deux me semblent nécessaires à la thérapie, car ils proposent deux approches différentes : l'expertise et l'expérience. Ce que j'apporte aujourd'hui, c'est mon expérience. Évidemment, le témoignage doit être proposé conjointement à une expertise. L'expérience ne suffit pas. Mais l'expertise suffit-elle ? Je pense que, quoiqu'il arrive, elle ne peut pas faire de mal. Moi, je connais le produit. Je connais l'alcool. Je connais les médicaments. » En somme, il est la bonne personne pour réveiller les jeunes qui, dans leur majorité, ont déjà au moins une fois testé la drogue ou absorbé de l'alcool avec excès... si ce n'est les deux. Il sait que son témoignage va toucher. Et puis il croit au pouvoir salutaire de la communication, il en a fait l'expérience. « Je crois vraiment en la parole, c'est ce qui m'a permis de m'en sortir ; et c'est aussi ce qui peut empêcher les enfants d'entrer dans la dépendance. » Fort de cette conviction, il se livre sans réserve aux mises en garde qui éviteront à certains, il l'espère, de tomber dans l'addiction. « Le THC est un produit beaucoup plus puissant qu'auparavant... Attention aux médicaments, attention à la pharmacie de papa et maman ! En disant cela, je m'adresse aussi aux parents : on ne

Dernières confessions

donne pas du Lexomil à ses enfants comme ça! Tous ces médicaments ne sont pas anodins!» Puis, il rentre dans les détails de ces substances que les jeunes sont susceptibles d'absorber. «Aujourd'hui les jeunes achètent du "beurre", du "gras"… Ils achètent en fait des herbes génétiquement modifiées. Des produits que moi je ne connaissais pas… Quand on me dit : "Moi je ne fume que du naturel", je réponds "Attention!". Tous ceux qui fument une substance contenant plus de 6 % de THC ne fument pas du naturel! La main de l'homme est passée par là. Il s'agit d'un produit génétiquement modifié qui n'a plus rien de naturel. Aujourd'hui, certains montent à 30 ou 40 %…» Peut-on dès lors maintenir la distinction entre drogues dures et drogue douce? Existe-t-il encore des drogues douces? «Je ne crois pas, répond Delarue. Je pense qu'on peut éventuellement parler d'un usage doux et d'un usage dur…», mais pour ne pas laisser de porte ouverte sur une éventuelle consommation inoffensive, il précise «même un usage doux de la THC à 40 % équivaut à un usage de drogue dure». Cette distinction entre drogue dure et drogue douce, pour lui, n'a plus de sens. «On peut aussi devenir dépendant au cannabis,

Témoigner pour guérir

il faut le savoir ! Quand j'étais jeune, nous n'avions pas le même cannabis. Aujourd'hui, il est beaucoup plus fort, il défonce beaucoup plus, mais il accroche aussi beaucoup plus... » Quant aux autres produits qu'il m'énumère, médicaments, ecstasy... il les compare au LSD d'autrefois : « C'est la roulette russe. On peut complètement déconnecter ses neurones, entendre des voix... À ce stade, cela devient vraiment très dangereux, prévient-il. Dans les "teufs", on trouve des trucs pas possibles... des produits dont je n'avais jamais entendu parler. Des substances qui ont été testées en laboratoires et dont le contenu et les effets sont extrêmement nocifs. Il s'agit du type de produits que l'on trouve par exemple dans les soirées techno, ces rencontres dans lesquelles 90 % des gens viennent pour se défoncer, les 10 % restants pour faire leurs courses... les teufs techno, c'est un truc, attention... » À nouveau il se tourne vers moi et m'interroge sur le proche dont je lui ai parlé : « Il y allait, dans les fêtes techno ? » Une fois encore, il s'échappe de ce discours explicatif pour revenir au témoignage. C'est son point d'ancrage. Les histoires des gens, c'est au fond ce qui l'intéresse. « J'ai rencontré cette semaine une lycéenne. Elle pre-

Dernières confessions

nait des amphétamines depuis l'âge de quinze ans. Elle est sortie avec un garçon qui les lui a fait remplacer par l'alcool. Lorsqu'elle a quitté le garçon, elle s'est remise à consommer des amphétamines, mais elle a conservé l'alcool. Elle m'a dit que, trois mois avant de quitter ce type, elle savait déjà que son histoire d'amphétamines allait reprendre. Elle y pensait déjà. Elle incarnait le profil type de la personne dépendante qui programme sa reconsommation. » Puis il admoneste les lecteurs qu'il se représente à travers moi : « Je conseille vraiment aux parents se tenir aux repas du soir. Ils doivent demander à leurs enfants de raconter ce qui s'est passé dans la journée. » Delarue insiste sur l'importance de ces temps partagés en famille. « Parents, demandez à vos enfants de vous raconter ce qui leur est arrivé dans la journée ! Ne laissez pas les MacDo et les ordinateurs bouffer la cellule familiale ! Faites en sorte que le repas du soir ne soit pas simplement un monologue comme c'était le cas dans ma famille. Chacun essayait d'en placer une. Je parle très vite, mais sachez que mon frère parle encore plus vite que moi ! » Ce frère, c'est Philippe. Celui à qui, petit, ses parents le comparaient. Celui à qui, aujourd'hui encore, il

Témoigner pour guérir

se compare lui-même. « En fait, chez moi, nous n'avions pas le choix. Pour en placer une, il fallait parler extrêmement vite ! » Envers ceux qui ne savent pas comment aborder le problème de l'addiction avec leur enfant, il s'exprime sans fausse compassion : « Les parents doivent vraiment être à l'écoute. Vous savez, je connais certains gosses qui abandonnent volontairement un morceau de haschich dans leur jean ou qui laissent traîner un journal intime, exprès pour que leurs parents se rendent compte qu'ils ont un problème. Ils ne savent pas comment leur parler. Moi, j'ai des années de consommation d'alcool et autres substances... Les jeunes se disent en m'entendant : "Il connaît exactement le truc." Ceux que je rencontre ont très envie de savoir plein de choses. Ils viennent m'écouter pour avoir des informations. C'est aussi ce que vous faites aujourd'hui avec votre journal, c'est très bien. » Ce qui plaît aux jeunes autant qu'à Delarue lui-même, c'est cette connivence. Il a beau être l'homme du petit écran, il est devenu leur grand frère. « C'est en parlant que l'on s'en sort. » Il me répète alors combien il importe aussi d'informer les familles dans le détail. « Au contact des collégiens et lycéens que

Dernières confessions

je rencontre, j'apprends la chose suivante : ils ont parfois l'impression que leurs parents ne comprennent rien, parce qu'ils connaissent mal le problème. On peut se renseigner, une documentation existe. Les parents ne doivent pas faire semblant de ne pas voir ! On peut faire l'autruche et, dans 85 % des cas, ça se passera bien. Mais dans 15 % des cas, ça tournera mal.. » Il s'arrête. « Quand j'étais jeune, je n'ai pas reçu toutes ces informations. Jamais, jamais… Lorsque j'y ai enfin eu accès, le produit s'était déjà incrusté dans ma tête, il m'avait fait perdre ma volonté et mon libre arbitre. Le mal était fait. » Revenu en cet instant à sa jeunesse, il admoneste un autre conseil tiré de ses propres blessures. « Et puis, les parents ne doivent jamais juger leur enfant. Ne lui mettez pas trop la pression en lui disant que vous voulez qu'il réussisse telle chose Que comprendrait-il dans le cas contraire ? " Je t'aimerai, à condition que tu réussisses telle chose. " Non ! Vous l'aimerez quoiqu'il arrive. » Des choses simples qui, au fond, n'exigent pas tant de connaissances.

J'en viens au thème du dossier que nous traitons dans notre prochain numéro de *Parents d'ado*. « Comment ne pas toucher son premier joint ?

Témoigner pour guérir

reprend-il. Vous allez avoir du mal à faire passer ce message… » Certes. Mais au fond, n'est-ce pas le sens de tout ce qu'il vient de dire?

Après avoir épuisé ses messages sur le thème de la drogue, il en revient à l'alcool. « Parents, attention lorsque vous servez de l'alcool tous les soirs, surtout si vos ados sont amenés à goûter un petit verre de vin de temps en temps. Si jamais vous vous rendez compte qu'il accroche et en réclame un deuxième, méfiez-vous… » Et puis, les renvoyant à leur propre consommation, il poursuit : « L'exemple est important. Pour ne pas avoir à dire "Faites ce que je dis, pas ce que je fais", il faut savoir supprimer le vin de temps en temps à la maison. Pas de vin le week-end, pas de vin le dimanche à midi. Tant pis pour vous, parents, vous irez boire un coup ailleurs. Il est impossible de faire passer un message lorsque l'on pratique le contraire. » La théorie, jamais sans l'exemple. Où se situe cette frontière entre une consommation normale et la dépendance? Telle est l'une des questions qui lui est le plus souvent posée par les jeunes eux-mêmes. « Aux élèves de quatrième-troisième qui me demandent à quoi on reconnaît que l'on est dépendant, je réponds que cela

Dernières confessions

commence lorsque l'on y pense souvent, voire tout le temps. Je leur demande alors d'être honnêtes avec eux-mêmes. Quand ils parlent de leurs fêtes, du petit verre ou du petit joint, est-ce vraiment un petit verre ou un petit joint? N'est-ce pas un peu plus? Quand est-ce que ça commence ? Ont-ils tendance à vouloir consommer, même si finalement ils ne consomment pas? Ont-ils tendance à consommer plus que les autres? Ont-ils un problème d'adaptation à la société? Se trouvent-ils malheureux? On dit que 85 % des jeunes vont très bien. Que fait-on des 15 % qui vont mal? 15 %, ce n'est pas beaucoup et c'est beaucoup… » Concernant la nature de cette dépendance, Delarue ne mâche pas ses mots. « La dépendance est une maladie. Une maladie du déni, une maladie du prétexte. J'insiste, la dépendance est une maladie. C'est plus fort que soi. Le besoin créé n'est plus de l'ordre de la raison ou du vice. Attention alors à ce que l'état anormal qu'on recherche ne devienne pas l'état normal qu'on rechercherait tout le temps. » Je retrouve dans ses réponses les mêmes mots qu'il utilisait pour décrire son état alcoolique. Non, tout cela n'a vraiment rien de théorique.

La Fondation Réservoir et la tournée des établissements scolaires sont-elles un feu de paille qui

Témoigner pour guérir

s'éteindra lorsque leur animateur aura atteint certains objectifs? Je le lui demande tout net. « Non », me répond Delarue, catégorique. « C'est un projet sur plusieurs années. Il durera jusqu'à ce que… » Il se reprend : « C'est un programme que je ne vais jamais lâcher. D'abord parce qu'il m'aide à me reconstruire. » La vocation de la Fondation Réservoir se limite-t-elle à ce Tour de France? J'essaie d'en savoir plus sur ses projets à long terme. « Elle a pour mission de venir en aide à tous ceux qui ont des souffrances psychologiques ». Aujourd'hui, ce sont les problèmes de dépendance. « Ce que je souhaiterais à terme, c'est créer un lieu réservé aux adolescents qui ont des problèmes d'addiction. Ce lieu pourrait les aider à rentrer en contact avec la vie après un sevrage. Voilà, c'est mon grand objectif. Une maison où ils resteraient quelques semaines, quelques mois, pour raccrocher avec la vie… Ce type de projet ou de programme ne fonctionne que si l'on s'implique pour le faire fonctionner. C'est pour cette raison que je suis actif et que je le resterai tout le temps, car ce problème me tient à cœur. »

Pour terminer, il me fait la liste des dates des tournées qu'il a déjà programmées en juin et septembre.

Dernières confessions

« On ne peut pas laisser les gens comme ça, reprend-il. Sinon, c'est qu'il n'y a plus d'humanité... De toute façon, aider les autres, ça a toujours été ma vie... » J'en suis maintenant convaincue, sa démarche dépasse largement le cadre de la thérapie.

VIII

LA DÉCISION D'ÊTRE HEUREUX

En cet avant-dernier printemps de sa vie, Jean-Luc Delarue regarde derrière lui et dresse le bilan de son existence. « J'ai vraiment fait une grande confusion entre réussir sa vie et réussir dans la vie. » Tel était pourtant le thème du premier épisode de *Ça se discute*... « Je pensais que réussir dans la vie était la seule chose importante. Dans ma famille, c'était en effet l'unique aspect qui comptait. » Travailler, réussir, il y est parvenu. « Ah, je l'ai fait à fond ! » Mais à quel prix ? « J'ai raté les grands équilibres », soupire-t-il. Quelle lucidité dès qu'il est question de son passé ! « Je ne dis pas aujourd'hui qu'il faut sacrifier l'un pour l'autre. » Lui cherche encore à tout concilier. D'ailleurs, à l'instant où il s'adresse à moi, il est en thérapie, poursuit sa tournée antidrogue, s'occupe de son fils lorsqu'il en a la garde... et

Dernières confessions

continue à diriger Réservoir Prod. Revenant sur ses trente ans de dépendance, il ajoute : « Comme l'alcoolisme ou l'addiction aux substances est avant tout une maladie de la solitude, je suis passé à côté de beaucoup de choses. J'étais à fond dans le boulot, mais je suis passé à côté de ma vie familiale, à côté de ma vie de parent. Pas toujours, mais globalement. »

Être heureux, pour Delarue, c'est atteindre ce subtil équilibre qu'il revient à chacun de trouver. Désormais, il semble cruellement conscient que ce n'est pas seulement affaire d'argent, ni de travail. « Quand je vois dans quel état de malheur je me suis retrouvé ! Alors que j'avais tout pour être heureux... Les gens pensent : "Il a tout pour être heureux !" Eh bien non ! Être heureux, ce n'est pas juste avoir une vie professionnelle épanouissante. Avoir tout pour être heureux, c'est pouvoir poser ses valises, les ouvrir et puis... revoir les priorités de sa vie. C'est être en mesure de s'occuper de soi pour s'occuper mieux des autres. » Cette obstination à ne pas concevoir son bonheur de manière égoïste me surprend. Les autres, toujours les autres...

La révolution qu'il entreprend en abordant sa cure au centre de soins La Métairie en Suisse englobe tous

La décision d'être heureux

les aspects de sa vie. « J'ai compris qu'il fallait tout lâcher, reconnaître que le produit est plus fort que nous et, à partir de là, envisager la vie autrement. » Aborder une thérapie doit se faire selon lui dans un certain état d'esprit que l'on pourrait définir en un mot : humilité. « On doit se dire que l'on a des problèmes d'adaptation à la société, qu'on a des problèmes de caractère, qu'on a des problèmes d'ambition mal placée et qu'il faut tout réguler. Il faut se dire que l'on doit réorganiser sa vie, quel que soit son âge. » En écho à ce constat qui, loin de l'enfoncer, le libère, il a décidé de changer. « Maintenant, je rentre dans la deuxième mi-temps de ma vie, et il n'est pas question de ne pas faire en sorte que ça aille mieux », m'explique-t-il d'un ton déterminé. Pour lui, cette deuxième mi-temps est un cadeau, un supplément à sa vie qui aurait pu s'arrêter à chaque instant de cette année 2010. « J'aurais pu mourir d'un arrêt cardiaque, je connais beaucoup de gens qui sont morts à cause de la drogue. » Mais comme tout cela est loin, tellement loin, depuis qu'il a décidé d'être heureux… !

Le programme Minnesota qu'il suit scrupuleusement comporte douze étapes de rétablissement. Son efficacité se fonde sur la prise en compte de la personne dans sa globalité. Une telle démarche implique une remise en cause totale. Autre point qui la distingue des autres thérapies : elle est radicale. Elle prône un sevrage intégral et sans transition : pas de substances de remplacement ! Minnesota promet au malade d'accéder par lui-même, et en peu de temps, à ce qu'il souhaite le plus : devenir un type *clean*, en paix avec son passé. Un homme qui ne se préoccupe plus de l'avenir, mais vit au présent. Cet homme est le « mec bien » qu'il voit en lui lorsqu'il n'est pas sous l'emprise des substances. Celui qui se passionne sincèrement pour la vie des autres sur un plateau. Au fond, Jean-Luc Delarue n'est-il pas devenu cet homme qu'il voulait être lorsqu'il était adolescent ? « J'essaie de me recaler avec mes aspirations de jeunesse, mes vraies aspirations. Et d'apaiser mes ambitions », reconnaît-il. Autre caractéristique de son programme de reconstruction, il cherche à suivre à tout instant ce que lui dicte son sentiment intérieur. « Globalement, j'écoute davantage mes intuitions. » Il semble vivre librement, guidé dans ses choix par ce merveilleux philosophe. « Aujourd'hui, par exemple, je fais ce tour de collèges et de lycées

La décision d'être heureux

parce qu'une intuition me dit de le faire et que j'écoute cette intuition. »

Pour atteindre cet idéal, Jean-Luc doit engager un immense chantier du côté de son tempérament. « J'essaie de bien travailler sur mes défauts de caractère », avoue-t-il simplement. Et pour illustrer son combat contre lui-même, il donne un exemple. « On a tous tendance... » Il se reprend : « En tout cas, moi, j'ai tendance parfois à choisir une tête de Turc, quelqu'un que je n'aime pas. Je ne sais pas pourquoi. Eh bien, maintenant, je fais attention. Cette personne, je la regarde bien deux ou trois fois avant de me faire une idée sur elle. Non plus une idée *a priori* ! Je vais essayer de combattre les *a priori*... Étant devenu moins exigeant avec moi-même, je le suis sans doute moins avec les autres. »

Être quelqu'un de bien, c'est aussi être un bon père. Je demande à l'animateur ce qu'il dira à son fils lorsqu'il sera en âge de lire les journaux et découvrira la vie de Jean-Luc Delarue. « Je lui dirai la vérité, exactement comme je viens de vous la dire maintenant. Je lui dirai tout ce que je vous dis, tout ce que je dis dans les lycées. Ni plus, ni moins. Et puis je resterai toujours disponible pour lui. » Dois-je

Dernières confessions

comprendre qu'il ne m'a rien caché? Oui, je pense qu'il a été transparent. Jean, le fils de l'animateur, a quatre ans. Je lui demande quand il compte aborder ces révélations sur sa vie. « Assez tôt, je pense, ça ne va pas traîner... » Il est pressé. Peut-être est-il fier aussi de raconter avec des mots simples le chemin déjà parcouru vers la rédemption. Après tout, si cette histoire commence mal, elle finit bien. Elle est morale. Et quand son fils aura atteint l'âge de comprendre, quand les romans réalistes auront remplacé les contes de fées, que lui dira-t-il? « Quand il sera grand, tout cela sera loin derrière moi... » Lucide, il précise tout de même : « Néanmoins, il faudra que je fasse attention à ce que les autres vont lui dire. » Se souvenant alors de l'importance de l'exemple, il ajoute : « Tout ce que je vous dis là, j'essaierai de l'appliquer. On fait comme on peut! C'est difficile d'être parent... Vous avez des enfants? » Il espère sans doute être rassuré sur la difficulté de cet aspect dans l'éducation. Moi, je n'ai jamais entendu un parent s'ériger sans réserve en modèle à suivre aux yeux de ses enfants.

Au cours de l'entretien, je me suis étonnée à plusieurs reprises de l'implication dont l'animateur a fait

La décision d'être heureux

preuve. Il se montre totalement présent. Je constate en cette fin de rencontre que son rapport au temps a certainement changé. Il m'apprend alors qu'il s'agit d'un aspect essentiel de sa thérapie. « J'essaie d'arrêter de vouloir vivre toutes les vies, parce que le risque, c'est de n'en vivre aucune. Ce matin, par exemple, j'ai couru dix kilomètres en une heure. » Le sas de décompression fut probablement le commissariat de police. Pour la première fois, contraint par la loi, il a pris le temps d'examiner sa conduite. Ce jour-là, tout a changé. Il a abandonné sans transition son rythme fou furieux. Il établit maintenant un lien entre ses addictions et sa cadence infernale d'antan. « Une personne que je connais dit que les problèmes de dépendance apparaissent souvent chez des gens subissant des emplois du temps débordants. La vie leur semble tellement insupportable… On prend alors des produits pour quasiment ne plus la voir. » En revenant sur cette analyse, il constate : « Je trouve cela assez vrai. Avant, j'avais une vie la journée, j'avais une vie en soirée. Cette vie du soir était une vie de dîners, de rencontres… Et puis, j'avais une vie la nuit durant laquelle j'écrivais. C'est trop ! Aujourd'hui, je me calme. Je vais davantage à la

Dernières confessions

campagne, je profite mieux des moments, je prends le temps de vivre. Je me donne beaucoup plus de temps. »

Ce changement radical dans son rapport au temps est le fruit d'un vrai travail sur lui-même. Il m'apprend alors qu'il participe à des groupes de méditation. Je lui demande des précisions. « La méditation, c'est l'hyperconscience de l'instant présent. » Puis il m'explique, au cas où je m'y intéresserais à titre personnel : « C'est facile. Cela peut se pratiquer seul ou en groupe. » Lui préfère la dynamique collective, incontestablement. Parce que, quand il est seul, il a tendance à s'endormir ! En faisant cet aveu, il éclate de rire. Sur un ton plus sérieux, il poursuit : « Je crois beaucoup aux groupes de parole et aux groupes de silence. La force du groupe est supérieure à l'addition des forces des membres qui la composent. Il se crée une énergie particulière. » Puis il renchérit, enthousiaste : « Il y a un truc magique là-dedans ! » Comment se déroule une réunion de ce type ? « Les séances de méditations que je pratique ont tout simplement à voir avec ce qu'on appelle des moments d'hyperconscience. Cela consiste à tenter de ressentir parfaitement l'instant

La décision d'être heureux

présent. Nous devons nous concentrer sur un mot ou sur un visuel et passer un maximum de temps à, justement, ne pas penser. L'objectif est de se mettre en " état de conscience". Nous ne sommes pas endormis, quoique, parfois, je m'endors… » Il rit à nouveau avant d'ajouter : « Même en groupe, je m'endors ! C'est comme ça. » On comprend alors quel usage il en a fait pour éloigner ses vieux démons. « Nous avons souvent cette tendance à ressasser le passé ou à nous inquiéter de l'avenir. Cela a beaucoup été mon problème dans la vie. Là par exemple, je suis avec vous, et je suis 100 % avec vous ! Je ne pense ni à ce que je vais faire après, ni à ce que j'ai fait avant. La méditation permet ça. Elle aide à mieux profiter du présent, de l'instant présent. Si l'on ne vit pas l'instant présent, la vie passe comme ça. Elle fuit. » Je lui demande si cette « méditation » a un quelconque rapport avec Dieu. « Non », me répond-il sèchement. Mais croit-il en Lui ? « Dieu, c'est l'affaire de chacun. » Un silence s'ensuit, puis il reprend : « Il faut tout de même être très, très arrogant pour se dire que tout ce qui nous entoure a été construit par les hommes. Cette idée me vient surtout lorsque je regarde un coucher de soleil, ou des choses magnifiques, ou le ciel. »

Dernières confessions

Revenant alors sur cette « seconde mi-temps » qui s'ouvre à lui, j'ose cette réflexion en guise de conclusion : « Eh bien, maintenant, vous avez la vie devant vous ! » Il me lance alors une boutade : « Oui, il ne me reste plus que deux ou trois semaines ! », puis se ressaisit : « Non, mais la chance que j'ai, c'est que je ne suis pas malade. Je suis guéri. »

CONCLUSION

Il doit être dix-huit heures lorsque je quitte en courant le 101 boulevard Murat. Je saute dans un taxi et appelle, penaude, pour annoncer mon retard au rendez-vous suivant dont j'ai fait volontairement abstraction : « Je suis désolée, je sors d'une interview qui s'est un peu éternisée... J'arrive ! »

Une image forte de ce trajet me revient : le rond-point de la porte de Saint-Cloud et la voiture qui tourne, qui tourne, accompagnant le tourbillon d'impressions contradictoires qui m'assaillent. Je suis exaltée par ce métier qui me permet de découvrir et faire découvrir un Delarue alors méconnu, mais aussi révoltée par les limites dans lesquelles il m'enferme ce jour-là. « Je ne suis *que* journaliste » : il a fallu que je le lui spécifie à plusieurs reprises pour ne pas déborder du cadre. Lorsque je l'ai rencontré,

Dernières confessions

l'animateur était détendu, léger et détaché au point de rire sur son passé. J'aurais pu franchir la ligne en renchérissant sur ses blagues, personne ne l'aurait su. Je ne l'ai pas fait. J'aurais pu m'engouffrer dans la brèche chaque fois qu'il inversait les rôles en m'interrogeant sur cette personne que je connais et dont je lui ai parlé. J'ai rétabli le sens des questions aussi vite que possible. J'aurais pu lui faire part de mon admiration pour cette détermination dont il savait faire preuve. Au lieu de cela, je suis restée dans les clous. Nous avons bien ri certes, mais j'ai parlé le moins possible. J'ai ravalé mes mots pour augmenter son temps de parole. Le temps, c'est des mots et les mots, c'est de l'info. Aujourd'hui, je ne regrette pas cette rigueur.

Vers vingt heures, je suis de retour à la rédaction. Une cellule psychologique post-interview se constitue rapidement. Je raconte pendant un bon moment, et l'auditoire est conquis.

J'appelle ensuite ce fameux proche, pour lui demander s'il consent à ce que je communique son numéro de portable à Jean-Luc Delarue. Je lui transmets même un message de sa part.

Le lendemain, nous retranscrivons l'entretien dans son intégralité. Quelques jours plus tard, j'envoie

Conclusion

l'article à Arnaud Gachy pour validation. Nous ne recevons de sa part aucune demande de modification. L'article paraît en l'état dans notre numéro daté d'avril-mai 2011, en ouverture de notre dossier sur la drogue.

Le vendredi 2 décembre 2011, j'apprends par internet que Delarue vient d'annoncer son double cancer. Le souvenir un peu flou de mon incompréhension d'alors me revient : je repense aux problèmes de digestion dont il m'a fait part et aux peurs qu'il avouait pour sa santé. Cette nouvelle, attristante pour ses millions d'admirateurs, a pour moi un arrière-goût de « déjà-su ». Il ne s'agit que d'une impression vague mais, j'en suis intimement convaincue, le Delarue que j'ai rencontré neuf mois auparavant était déjà malade. Comment est-il possible que ses cancers n'aient pas été diagnostiqués plus tôt ? Je m'étonne qu'aucun journaliste ne lui ait posé la question. Pendant les mois de la thérapie à laquelle il s'est soumis pour ses addictions, il a probablement été suivi par de nombreux médecins. Les symptômes qu'il m'a décrits sont explicites, et je suis presque certaine qu'ils peuvent être imputés rapide-

Dernières confessions

ment à une autre cause que le sevrage drastique. Durant la conférence de presse qu'il tient dans les locaux de France Télévisions, il ne manque pas de faire remarquer : « J'avais mal au ventre depuis un an et demi. »

Dans le drame qu'il avoue publiquement, il trouve encore la force de faire de l'humour : « Avec tout ce que j'ai fumé et tout ce que j'ai bu dans ma vie, je n'ai rien aux poumons et rien au foie. » Ce qui me surprend aujourd'hui encore, c'est le sentiment de soulagement qui se lit à cet instant sur son visage. Soulagé peut-être de mettre un nom sur la peur qui le hante depuis des années ? Il sait que sa conduite *border line* entraîne presque immanquablement des conséquences. Soulagé d'expier ses excès par une maladie qu'il pense alors curable ? « Aucun autre organe n'est touché, il n'y a pas de métastase », précise-t-il.

Les mois suivants, j'observe par séquences les dernières étapes de sa rédemption. L'arrêt de son émission *Un air de famille*. Son repli à Belle-Île, son mariage sur cette plage de Sauzon, où on le voit amaigri mais heureux.

Conclusion

Le vendredi 24 août 2012, mon dernier jour de vacances, je consulte par hasard le site web du *Figaro* : « Delarue est mort ». Trois mots qui changent pour moi le cours du mois de septembre. Après une longue coupure estivale, une montagne de travail m'attend. Pourtant, l'idée de relater cet entretien dans son intégralité s'impose. Rétablir un peu l'image de Delarue, qu'il avait lui-même écornée avec ses dérapages, me semble une nécessité, une bonne manière d'aller jusqu'au bout du travail amorcé le 21 mars 2011.

Quelles relations entretenait Delarue avec son père ? Ce qu'il m'a confié un an et demi avant sa mort était clair : « Aujourd'hui encore, cette communication reste compliquée. » Il parlait ainsi de ses relations avec son père comme avec sa mère. Je pense que, si une prise de contact avait été en cours, il me l'aurait signalé.

Les semaines qui suivent la mort du présentateur nous mènent de surprise en surprise. Delarue aurait envisagé de se convertir à l'islam… J'en suis fort étonnée après notre entretien, où l'animateur semble s'être livré en toute authenticité. Au jour de notre rencontre, il ne voulait pas entendre parler de

Dernières confessions

religion! Cela ne l'intéressait pas, il me l'a clairement signifié. Lorsque je lui ai demandé si ses séances de méditation avaient un quelconque rapport à Dieu, il a été catégorique : « Non, non, non… moi je n'ai pas de religion. Je crois un peu à la spiritualité. Ensuite, chacun a son histoire personnelle avec ça. » Il ne voyait pas d'autre explication au monde que l'existence de Dieu, mais il ne m'a pas parlé de Mahomet.

Pourquoi cette réaction tranchée? La question était-elle, pour lui, brûlante d'actualité? Précisons que, lors de notre rencontre, il connaissait Anissa depuis quelques mois et venait d'officialiser leur relation. Il n'était, publiquement du moins, pas question de mariage. Mais en avaient-ils déjà fait le projet? Anissa avait-elle déjà insisté sur la nécessité pour lui de se convertir s'il voulait l'épouser? Était-il amoureux au point de tout accepter de l'autre? Pourquoi, dès lors, leur mariage, trois mois avant sa mort, n'a-t-il pris qu'une forme civile? Je ne peux m'empêcher de penser que la supposée conversion de Jean-Luc Delarue relève du fantasme. Sa sépulture dans la division musulmane du cimetière de Thiais peut n'indiquer qu'un choix de proximité avec sa femme. Retenons alors ce que déclare Anissa

Conclusion

pour faire taire les rumeurs, et peut-être se laver de tout soupçon de coercition : Jean-Luc Delarue est bien mort « catholique, baptisé ».

Ces débats passeront. Dans quelques années, lorsque son fils aura atteint l'âge adulte, je serais satisfaite si l'on ne devait retenir de ce livre qu'une seule idée sur Jean-Luc Delarue. Pendant quarante ans, l'animateur a cumulé les errances. Il fut tour à tour alcoolique, toxicomane, addict aux médicaments... Il a eu un comportement arrogant, a multiplié les conquêtes, grillé son capital santé, dilapidé son argent... Il est tombé bas dans l'échelle de la dépendance. Mais il lui a fallu moins de deux ans pour se fiancer, mettre fin à ses addictions, recommencer le sport, travailler sur son caractère... et prévenir des milliers de jeunes contre les dangers des « produits ». Si on peut en tirer beaucoup de leçons, l'une me semble plus importante : quel que soit le nombre d'années passées dans l'égarement, il peut suffire de peu de temps pour rétablir les « grands équilibres ».

REMERCIEMENTS

Merci à toute l'équipe de *Presse Éducative* grâce à qui j'ai pu m'échapper pour écrire ce livre.

TABLE DES MATIÈRES

Introduction 11

I. Alcoolique dès l'enfance 23
II. Adolescence : le désert affectif 33
III. Vingt ans, la pub, la coke 39
IV. Boulimie, succès et vieux démons 49
V. 14 septembre 2010 : l'électrochoc 57
VI. Capituler, parler, s'entourer 63
VII. Témoigner pour guérir 71
VIII. La décision d'être heureux 87

Conclusion 97
Remerciements 105

Cet ouvrage a été composé et imprimé
en décembre 2012 par

FIRMIN-DIDOT

27650 Mesnil-sur-l'Estrée
N° d'impression : 116138
Dépôt légal : décembre 2012
ISBN : 978-2-35417-195-7

Imprimé en France